Aus Freude am Lesen

Melitta Breznik zeichnet in ihrem ersten Roman die Lebensläufe zweier Frauen nach, die sich auf den Lofoten begegnen. Die eine ist Ärztin und hat ihre Ehe und ihren Beruf in einer psychiatrischen Klinik hinter sich gelassen. Die andere Frau hat eine schwierige Kindheit verbringen müssen. Sie wurde während des 2. Weltkriegs als Kind einer Norwegerin und eines deutschen Besatzungssoldaten geboren. Beide Frauen nähern sich einander an, reden über ihre Herkünfte und ihre Biographien, in denen Historisches und Privates eine jeweils unlösbare Verbindung eingegangen sind ...

»Eine glasklare Erzählerin.« Süddeutsche Zeitung

Melitta Breznik wurde 1961 in Kapfenberg, Steiermark, geboren. Sie lebt in Graubünden und Zürich. Bisher sind von ihr bei Luchterhand erschienen: »Nachtdienst« (Erzählung 1995), »Figuren« (Erzählungen 1999) und »Das Umstellformat« (Erzählung 2002).

Melitta Breznik

Nordlicht

Roman

btb

Verlagsgruppe Random House FSC-DEU-0100
Das für dieses Buch verwendete
FSC-zertifizierte Papier *Munken Pocket* liefert
Arctic Paper Munkedals AB, Schweden

1. Auflage
Genehmigte Taschenbuchausgabe Dezember 2010,
btb Verlag in der Verlagsgruppe Random House GmbH, München

Umschlaggestaltung: semper smile
unter Verwendung eines Motivs von © Ilja C. Hendel/
buchcover.com
Druck und Einband: CPI – Clausen & Bosse, Leck
KS · Herstellung: SK
Printed in Germany
ISBN 978-3-442-74140-3

www.btb-verlag.de

I.

Zürich, 8. Mai 2003

Die Tür fiel mit einem leisen Klicken hinter ihr ins Schloss. Sie hängte den Mantel umständlich an den Garderobenständer, hielt mitten in ihrer Bewegung inne, unschlüssig, ob sie zuerst die Stiefel ausziehen oder die Tasche auspacken sollte. Das Geräusch der vorbeifahrenden Straßenbahn drang ungewohnt laut von draußen herein, und sie stellte sich vor, wie der weißblaue Waggon gerade in der Kurve hinter den Häusern verschwinden würde. In der Wohnung musste ein Fenster offen stehen, vielleicht hatte sie vergessen, es am Morgen vor dem Weggehen zu schließen. Sie kam von der Arbeit in der Klinik und hatte im Kreislerladen an der Ecke ein paar Kleinigkeiten eingekauft, weil sie wusste, der Kühlschrank war leer. Den ganzen Tag hatte sie kaum Zeit gefunden, etwas zu essen oder zu trinken, und sie spürte den Hunger nicht mehr, der sie am Nachmittag geplagt hatte. Erschöpft ließ sie sich am Küchentisch nieder, knöpfte die Jacke auf und wollte nach einem langen Arbeitstag ihre Ruhe haben, wollte ihre Gedanken ordnen, die unentwegt hintereinander im Kreis jagten. In der Nacht zuvor hatte sie kaum geschlafen und tagsüber unzähligen Patienten zugehört.

Als sie die Stimme ihres Mannes hinter der Tür des Arbeitszimmers am anderen Ende des Ganges hörte, schrak sie auf, denn sie war überzeugt gewesen, er sei in die Stadt gegangen. Sie hatte von der Straße aus kein Licht in den Fenstern der Wohnung gesehen. Die Worte, die durch die Tür seines Zimmers drangen, wurden im Tonfall immer eindringlicher, und als sie seinen Namen rief, stand er auf einmal im Spalt der geöffneten Tür, das Telefon in einer Hand.

»Du bist schon da. Warum hast du nicht angerufen, dass du früher kommst?«

Sie wunderte sich ein wenig, weil er nicht wie üblich aus dem Zimmer gestürmt kam, um sie zu begrüßen, oder ihr durch die geschlossene Tür etwas zurief, sie mit Fragen überhäufte oder mit der Bitte auf sie zustürzte, ihm zuzuhören, und ohne weitere Vorbereitung die letzte Passage eines von ihm verfassten Geschäftsbriefes vorlas. Er wollte an ihrem Gesichtsausdruck ablesen können, ob sie die Sätze gut fand oder nicht, und beobachtete peinlich genau ihre Reaktion, und sie musste, nachdem er vorgelesen hatte, sofort eine Meinung dazu äußern. Jedes Zögern oder Überlegen deutete er als Kritik. Manchmal stand sie beim Nachhausekommen mit Mantel und Tasche im Vorzimmer und konnte sich nicht bewegen, weil er jeden Versuch von ihr, sich die Schuhe auszuziehen oder den Schal in den Garderobenkasten zu räumen, als Unaufmerksamkeit ihm gegenüber interpretierte. Er war mit der Auflösung seiner Firma beschäftigt, die wenige Jahre nach der Gründung verkauft werden musste, um den drohenden Konkurs abzuwenden. Sein Kompagnon Leo, mit dem er seit dem Studium befreundet war, hatte sich in den Alkohol zurückgezogen und war im Geschäft nicht mehr zu gebrauchen. An seiner Stelle las sie jetzt Briefe an Gläubiger Korrektur oder hörte zu, wenn ihr Mann seinem Ärger Luft machte, weil ihm die Arbeit über den Kopf wuchs. Es schien ihr inzwischen, als arbeitete er Tag und Nacht, und sie wusste nicht recht, was ihn antrieb. Er wollte die Firma rasch auflösen, um sich eine Arbeit suchen zu können, denn von ihrem Geld wollte er nicht leben. Er hätte es als Schande empfunden, von seiner um fünfzehn Jahre jüngeren Frau abhängig zu sein.

»Hast du gerade telefoniert?«

Sie sah ihn mit müden Augen an.

»Nein, ich habe Selbstgespräche geführt. Ich komme gleich in die Küche.«

Er fingerte etwas abwesend an der Türklinke herum und wandte den Blick von ihr ab, und um sie abzulenken, warf er ihr noch eine Frage zu.

»Was gibt es zu essen?«

Sie hatte keine Lust zu kochen und hätte sich lieber im Gasthaus an der Kreuzung gegenüber an einen Tisch gesetzt und etwas bestellt, aber das war nicht möglich. Er lebte sparsam. Es half auch nichts, wenn sie ihn einlud, er ließ es nicht zu und verdarb mit seiner schlechten Laune, die ihn in solchen Momenten überfiel, den ganzen Abend. Sie konnte von ihm auch nicht erwarten, dass er ihr das Kochen abnehmen würde. Er saß am Schreibtisch, bis sie zur Tür hereinkam, und machte dann ein erwartungsvolles Gesicht. Manchmal dachte sie, es liege am Altersunterschied. Er gehörte der Generation an, deren Mütter es als ehranrüchig empfanden, wenn ihre Söhne in Kochtöpfen rührten, außer sie machten es zu ihrem angesehenen Beruf. Sie schwieg, wollte jetzt keine Diskussion anfangen, wie sie es noch vor einigen Jahren getan hätte, als es aus Ärger oder Verwunderung über ihn einfach aus ihr herausgebrochen war.

»Spaghetti mit Tomatensauce und Salat. Hast du eine andere Idee?«

Er hatte die Tür schnell wieder hinter sich zugezogen, sodass ihre Frage das Ziel verfehlte, und sie blieb verwirrt am Tisch sitzen, wusste nicht, ob sie etwas falsch gemacht hatte, ob sie unfreundlich zu ihm gewesen war, wusste nicht, was sie über den Telefonhörer in seiner Hand denken sollte.

Das letzte Wochenende fiel ihr wieder ein. Er hatte zu ihr gesagt, er müsse sich am Abend kurz die Beine vertreten, und sie hatte ihm versonnen durchs Fenster hinterhergeblickt, in der Erwartung, er würde die Straße hinunter den Weg in Richtung Innenstadt einschlagen. Doch mit einem Mal war er in der Telefonzelle auf der anderen Straßenseite verschwunden. Sie dachte auch an die Sitzung in der Klinik von heute Nachmittag, als sie den anderen Ärzten zugesehen hatte und kein Wort von dem, was gesprochen worden war, verstand, und trotz aller Bemühungen, sich zu konzentrieren, hatte sie nicht teilhaben können an dem, was vor ihren Augen abgelaufen war. Sie hätte nicht mehr zu sagen gewusst, worin der Sinn der wöchentlichen Patientenbesprechung bestand und was sie dort zu tun hatte. Die Szene war ihr mit einem Mal fremd und absurd vorgekommen, und nach einer Weile war sie aufgestanden und hatte das Büro wortlos verlassen. Sie wollte nicht wissen, was man jetzt von ihr erwartete, nachdem sie ein längeres Schweigen in der Runde bemerkte und die Blicke der anwesenden Kollegen auf sich ruhen spürte. In ihrem Büro hatte sie in einer Notiz an ihren Chef die Bitte geäußert, sie zu entschuldigen, sie fühle sich krank und werde sich am nächsten Tag melden. Sie hätte lieber mit ihm geredet, und ihm ihr Befinden geschildert, aber sie fürchtete, nicht die richtigen Worte zu finden, denn in der letzten Zeit wurde sie von Hirngespinsten heimgesucht, und wie wollte sie ihm das erklären. Sie konnte hinter sich in unmittelbarer Nähe eine Stimme hören, und wenn sie sich umdrehte war niemand da. Sie konnte spät am Abend, wenn sie von der Klinik heimkam, an der von der Eingangslampe erleuchteten Hauswand einen Schatten vorüberhuschen sehen, und wenn sie versuchte, ihm nachzublicken, war er verschwunden. Vielleicht hatte ihr Mann vorhin nicht telefoniert, und vielleicht war es jemand anderes gewesen, der die Telefonzelle betreten hatte. Ein diffuser Schmerz hatte schleichend im Lauf des Tages von ihr Besitz ergriffen.

Es fühlte sich an, als drücke ihr eine Faust mit großer Kraft auf das untere Ende des Brustbeins. Sie hatte Mühe, richtig tief durchzuatmen.

Gerne hätte sie geduscht und eine halbe Stunde ausgeruht. Wenn er jedoch jetzt aus der Tür kam, hatte sie keine Zeit dazu, und alles würde so ablaufen wie immer. Sie würde kochen, er würde die Zeitung lesen oder über seine Geschäftssorgen berichten, dann würden sie gemeinsam essen. Sie wollte sich in der Küche nicht mehr von ihm helfen lassen, denn sie hatten inzwischen eine Begabung dafür, Dinge in einer eigenwillig entgegengesetzten Reihenfolge zu verrichten. Sie würden sich unweigerlich in die Quere kommen, wenn er die Lade zum Abfallkübel öffnete, und sie damit vom Herd wegdrängte, mit einer ungeschickten rauen Bewegung, mit der er ihren Oberschenkel streifen konnte, die sie wütend machte. In den letzten Monaten hatte sie den Eindruck, als befänden sie sich in einem Getriebe, das stecken geblieben war, verrostet, die abgeschliffenen Zähne griffen nicht mehr ineinander. Wenn sie ihm in die Augen sah, nahm sie wahr, dass er durch sie hindurchsah. Sie hatte sich überlegt, zu einer Freundin zu ziehen, in ein Haus am anderen Ende der Stadt. Vielleicht würde der Abstand helfen.

Er kam aus seinem Zimmer und saß dann mit der Zeitung in der Hand zurückgelehnt auf seinem Platz. Kein Wort mehr war über seine Lippen gekommen. Sie stand am Herd, zerteilte die Tomaten, und die Tränen liefen ihr über die Wangen, während sie den großen Topf für die Teigwaren aus dem Schrank holte.

»Sag, was passiert denn, wenn ich mich jetzt auch an den Tisch setze und Zeitung lese?«

Er sah von der Zeitung auf, blickte ihr ins Gesicht, und sie wusste im selben Moment, dass er mit seinen Gedanken ganz woanders war.

»Warum?«

Sie hatte ihm in den letzten Wochen zu erklären versucht, wie überarbeitet sie war. Sie brauchte Schlaf, den sie nur unzureichend fand, wenn er abends lange das Licht brennen ließ, weil er lesen wollte oder Notizen für seine Arbeit niederschrieb. Sie hatten einen anderen Tagesrhythmus, was nicht so schlimm für sie gewesen wäre, wenn er es akzeptiert hätte, dass sie sich für manche Nächte in ihrem Arbeitszimmer einrichtete. Beim dritten Anlauf, dort ihr Bett aufzuschlagen, hatte sie resigniert, nachdem er sie jedes Mal gebeten hatte, doch bei ihm im gemeinsamen Schlafzimmer zu bleiben.

Er hatte seinen Blick wieder in die Zeitung versenkt, während sie ihm gegenüber am Tisch Platz nahm und ihn beobachtete. Dann stand sie auf, nahm ihren Mantel vom Garderobenständer, zog ihre Schuhe an, ging zur Türe, öffnete sie, um sie mit einem Ruck hinter sich zuzuwerfen, und stürzte die Treppen hinunter. Sie hatte das Licht im Gang nicht eingeschaltet, und als sie im Parterre an den Briefkästen angekommen war, hörte sie ihn oben im ersten Stock ihr nachrufen:

»Bist du völlig verrückt geworden?!«

Sie lief, ohne nach links oder rechts zu blicken, über den Fußgängerstreifen und sah im rechten Augenwinkel, einen im Innenraum hell erleuchteten, voll besetzten Bus auf sich zukommen, eines dieser Fahrzeuge, mit denen sie früher gemeinsam mit ihren Eltern in einen kleinen Ort am Fuße des Bergmassivs gefahren war, von dem aus sie Wanderungen unternommen hatten. Sie war vier, fünf Jahre alt gewesen, ein schmales bleiches Mädchen, das von dem Unglück ihrer Mutter nichts wusste und nichts davon, dass ihr Vater im Krieg gewesen war, und auch nicht, dass ihr ältester Bruder bald an einem Gehirntumor sterben würde. Ein Postbus, mit nach vorne abgesetzter Motorhaube, ein altes Gefährt, von dem kaum noch eines fuhr, nur manchmal sah man eines dieser Vehikel, wenn ein Seniorenverein oder eine Hochzeitsgesellschaft eine Ausflugsfahrt unternahm. Auf der anderen Straßenseite angekommen, drehte sie sich um, wollte den Blick dem entschwindenden Bus nachgleiten lassen, und sah eine leere Fahrbahn die Häuserschlucht hinunterziehen, an deren unteren Ende die Vorderfront der Straßenbahn auftauchte, die in den nächsten Sekunden langsam die leicht ansteigende Kurve heraufkriechen würde. Sie wollte jetzt keinen weiteren Gedanken an das unwirkliche Bild des gelben Busses verwenden. Sie wollte ihren Weg fortsetzen und sich nicht zum Fenster im ersten Stock umdrehen, wo inzwischen die Gestalt ihres Mannes aufgetaucht war. Noch bevor sie seine Stimme hören konnte, setzte sie ihren Weg fort.

Sie hatte die Kreuzung bereits weit hinter sich gelassen und war immer tiefer in die von Bäumen gesäumte, vom schwachen Schein der Laternen erleuchtete Straße hineingelaufen, um sich an einer Hausecke plötzlich für die Richtung zu entscheiden, die zur Klinik hinaufführte. Sie stieß bald auf den bekannten Weg, den sie jeden Morgen mit dem Fahrrad zurücklegte, und folgte ihm, vorbei an den Gärten, mit den darin liegenden Villen, deren erleuchtete Fenster sie nicht wahrnahm wie sonst während der Abendspaziergänge hier herauf, wenn sie versucht hatte, sich vorzustellen, welche Leben sich hinter den Fassaden wohl abspielen würden. Sie hatte dabei ihrer Fantasie oft freien Lauf gelassen. Das hatte sie schon in ihrer Kindheit getan, als sie mit ihrer Mutter spazieren gegangen war, nachmittagelang, Sonntag vormittagelang, durchgefroren im Winter, denn sie wollten beide nicht nach Hause zurück in eine Wohnung, die sie erdrücken würde, wenn der Vater wieder schlechter Laune war. Sie blieben, umfangen von ihren Vorstellungen, vor Häusern, die ihnen gefielen, stehen, trödelten in den Straßen herum und erzählten sich gegenseitig, welchen Raum sie am liebsten bewohnen würden in einer alten Villa, die vom Mauerfundament bis zum Dachfirst vollkommen mit Efeuranken überwachsen war. Damals als Mädchen musste es das Turmzimmer mit dem gedeckten Balkon sein, so klein es auch sein mochte, rundum mit Fenstern bestückt, die die Aussicht auf die umliegenden hohen Buchen freigäben und sicherlich ein Gefühl aufkommen ließen, als hause man in einem Vogelnest. An diesem Abend war ihr Blick zu Boden gerichtet, auf den sie ihre hastigen Schritte setzte, und manchmal zum Himmel, der in seiner von dünnen Wolken überzogenen kühlen Leichtigkeit das Schimmern einiger Sterne freigab. Vielleicht bildete sie sich dieses Geglitzer nur ein. Sie war ins Keuchen gekommen, und wenn sie stehen bleib, um erschöpft Luft zu holen, hörte sie auf das Pochen ihres Blutes, das aus dem Rhythmus zu geraten schien, und leise, wie aus der Ferne kommend, die Stimme ihres Mannes – Bist du völlig verrückt geworden. –

Warum sagte er das, warum gebrauchte er diese Worte, von denen er genau wusste, sie würden sie treffen.

Sie lief weiter den Berg hinauf, zur Klinik, die mitten in einem von hohen Bäumen bestandenen Park in der Dunkelheit lag. Sie blickte in das große erleuchtete Fenster des Speisesaals und erkannte auf die Entfernung drei Gestalten an einem Tisch in ein Kartenspiel vertieft. Einer davon war ein zierlicher Mann, Herr Lorenz, der Hilfspfleger, der meist am Abend Dienst machte, um den Patienten allerlei Zerstreuung zu bieten in Form von Gesellschaftsspielen, oder er las ihnen etwas vor, was den Speisesaal innerhalb kürzester Zeit in einen verträumten Hotelsalon verwandeln konnte, abgelegen vom Treiben der Welt, in einem einsamen Bergtal gelegen, oder am Ufer eines Sees. Kein neuer Gast würde mehr zu später Stunde an diesen einsamen Ort kommen, niemand verließe mehr das Haus. Das erste Schiff oder die erste Seilbahn würde erst am nächsten Morgen wieder fahren. Darüber, dass die Eingangstür geschlossen war, darüber redete, nachdem man sich ein paar Tage nach der Einlieferung daran gewöhnt hatte, niemand mehr. Es war nicht mehr notwendig, sich gegen die Hausordnung aufzulehnen.

Sie stand noch immer auf der Straße und blickte in den kleinen, von Kronleuchtern erhellten Saal, und am liebsten wäre sie hineingegangen, hätte sich zu dieser geschlossenen Gesellschaft dazugesetzt, zu der sie sich im Moment zugehöriger fühlte, als zum Rest der Welt. Es fiel ihr schwer, sich von den beleuchteten Fenstern der Klinik mit dem Leben dahinter loszureißen. Eine halbe Stunde war vergangen, seit ihrem ungestümen Lauf den Berg herauf, sie wollte weitergehen, denn der Chefarzt, der manchmal bis spätabends arbeitete, könnte aus dem Tor treten und sich darüber wundern, was sie um diese Zeit hier zu suchen hatte. Sie dachte an den gelben Autobus auf der Straße, vielleicht war es eine lebhafte Erinnerung aus der Kindheit gewesen. Ihr war mit einem Mal schwindlig und sie suchte nach einem Platz, an dem sie sich hinsetzen konnte, um nachzudenken und zur Besinnung zu kommen. Sie hätte gern mit jemandem geredet, am liebsten mit ihrem Mann, aber seit

Monaten redeten sie aneinander vorbei. Er machte sich keine Vorstellungen über die Angst, die sie plagte, den Verstand zu verlieren und an Schizophrenie zu erkranken, wie ihre Großmutter, als sie in ihrem Alter war. Er kam mit ihren Fragen nicht zurecht, wenn sie ihn bat, einen Satz zu wiederholen oder zu sagen, wie er manche Situationen interpretierte. Sie fragte ihn, ob er dieses oder jenes Geräusch gehört hatte, weil sie sich Hilfe suchend ihrer Wahrnehmung versichern musste. Er war mit seinem eigenen Leben beschäftigt, das sich um die Auflösung der Firma drehte. Zuletzt hatten sie beide keine Zeit mehr miteinander verbracht, die unbelastet war von ihrer Müdigkeit und seinem verhedderten Zorn mit sich und der Welt. Er hatte ihr bei der Firmengründung von der Arbeit als Selbstständiger vorgeschwärmt. Mit sechzig würde er nicht in einer Anstellung ausharren, in der er sich ständig unterzuordnen hatte und den Intrigenspielen der anderen zusehen musste. Der Traum war nicht in Erfüllung gegangen, und er wusste noch nicht, welche Arbeit er nach Abschluss der Firmenauflösung anpacken sollte.

Sie drehte dem Kliniktor den Rücken zu und setzte sich auf eine Bank in einer Seitenstraße. Erinnerungen ihres gemeinsamen Anfangs in Graz kamen ihr in den Sinn. Sie stützte ihr Kinn in die Hände und blickte auf die Lichter der Stadt hinunter, auf die blinkende Oberfläche des Sees. Sollte sie jetzt heimgehen oder hier auf der Bank einschlafen oder sich in ihrem Büro für die

Nacht einrichten. Dort hatte sie eine Liegematte für ihre Mittagspause deponiert. Sie stand auf, kramte nach dem Schlüssel ihres Büros in der Tasche des Mantels und ging in Richtung Hintereingang der Klinik. Sie würde ihren Mann kurz anrufen, um ihm zu sagen, wo sie schlafen würde, sie wollte nicht, dass er sich unnötig Sorgen machte, wollte nur noch die Augen schließen und vergessen.

Zürich, 5. Juni 2003

Sie blickte auf die gekräuselten Wellen der hellblau im strahlenden Licht blinkenden Seeoberfläche, während sie seinen Ausführungen über eine ehemalige Arbeitskollegin zuhörte, die inzwischen eine Professur in Deutschland angetreten hatte. Das Thema beschäftigte ihn seit Tagen und veranlasste ihn zu gehässigen Bemerkungen über deren Qualifikation. Die Luft war frühlingshaft kühl, und sie spürte ein Prickeln auf ihrer Haut, nachdem sie zuvor mit bläulichen Lippen und weißen Fingerspitzen aus dem Wasser gestiegen war. Kaum hatte sie sich abgetrocknet, hatte er sie mit einem Wortschwall überfallen. Lieber hätte sie eine Weile geschwiegen, um die wärmenden Sonnenstrahlen zu genießen. Sie liebte nach einem kalten Bad die Kühle auf ihrer Haut, durch die sie ihren Körper deutlicher als sonst wahrnahm. Es war ihr nicht möglich, ihm zu sagen, er solle sie mit seinem Redefluss einfach eine Weile verschonen. Sie hatte ihm oft zu verstehen gegeben, dass sie gerade mit etwas anderem beschäftigt war, dass es sie verwirrte, sich von einer Sekunde auf die andere mit den Dingen zu beschäftigen, die ihm im Moment durch den Kopf gingen.

Früher hatte sie seine Beharrlichkeit geschätzt, mit der er sie in seine Welt hineinzog. Sie hatte seine ständigen Kontaktaufnahmen untertags, wenn sie bei der Arbeit war, als Vertrauensbeweis entgegengenommen, die häufigen Anrufe in der Klinik, auch wenn sie gerade in der Notfallabteilung Dienst versah und unmöglich Zeit hatte, ihm ernsthaft zuzuhören. Seine detailgenauen Erzählungen hatte sie immer als Beweis besonderer Nähe verstanden, hatte sich mit ihm verbunden gefühlt und es genossen, aber das verlor sich über die Jahre. Sein Werdegang war für sie etwas Besonderes, weil er sein Studium erst nach einer Ausbildung zum Elektrotechniker begonnen hatte, nachdem er als Taucher auf einem Forschungsschiff und als Schafzüchter in Neuseeland seinen Unterhalt verdient hatte. Das Gefühl, sich auf ihn verlassen zu können, hatte sie im ersten Monat, nachdem sie sich kennen gelernt hatten, zu ihm sagen lassen, dass sie mit ihm überallhin gehen würde.

Sie beobachtete ihn, wie er, den Blick abwechselnd auf sie und die reglose Seeoberfläche gerichtet, sich in seinen Überlegungen verstrickte, und sie konnte nicht sagen, wann sich in den letzten Monaten die Sicht auf ihn zu verändern begonnen hatte. Sie suchte in seinem Profil den Zug um seinen Mund, der ihr früher so unwiderstehlich vorgekommen war. Aber sosehr sie sich bemühte, sie fand ihn nicht mehr. Während er redete, hatte sie sich abgetrocknet und nahm die Frisbeescheibe aus der Tasche.

»Hast du Lust, ich brauch ein bisschen Bewegung, mir ist kalt.«

Die knallorange Plastikscheibe hatte er ihr in Kanada gekauft, eines der Geschenke aus ihrer ersten gemeinsamen Zeit. Die Freude am Spiel mit der Scheibe gab es für sie nach Jahren noch immer, und für einige Minuten wollte sie abgelenkt sein von dem Gefühl, sie wären durch eine dicke, milchig getrübte Glaswand getrennt. Sie konnten sich weder berühren noch deutlich sehen oder verstehen, es waren vom anderen lediglich schemenhafte Umrisse wahrnehmbar. Er willigte ein, und sie wusste, dass sie ihm nicht ins Gesicht sehen durfte, wenn sie sich der Bewegung hingab, und versuchte ihn hineinzuziehen in einen Rhythmus des Hin und Her. Sie wollte ihn durch die Unmittelbarkeit des Lufthauches erreichen, der zwischen ihnen zu schweben begann und mit einem leisen Surren ihrer beider Ohren streifte, ganz nah und sich wieder entfernend. Sie wollte die tiefen Runzeln an seinem Nasenansatz nicht sehen, an denen sie hätte ablesen können, wie er weiter seinen Grübeleien nachhing, und dieser Gedanke ließ sie wohl platziert auf seinen Bauch zielen. Ein Wurf, den er nicht rechtzeitig abzuwehren im Stande war. Aber auch diese Form der Aufforderung zum Tanz, die so oft funktioniert hatte, prallte an ihm ab. Sie schwenkte wieder auf eine sanftere Gangart ein, und nachdem er die Scheibe lustlos und unaufmerksam losließ und das nächste Mal verfehlte, als sie warf, setzte er sich auf den Boden und fuhr lauthals mit seiner Analyse fort. Sie wollte nicht weiter behelligt werden, und vielleicht war er schon immer so gewesen, aber sie bemerkte es jetzt in einer Klarheit, die sich in den ersten Jahren nicht eingestellt hatte. Damals in Graz war sie gefesselt gewesen von seiner Art zu erzählen. Sie beobachtete ihn, wie er ausgestreckt auf seinem Handtuch neben ihr lag, er würde im nächsten Moment, wenn sie aufstand, um zum Strand hinunterzugehen, zu ihr aufblicken und sie mit vorwurfsvoller Miene fragen, warum sie ihn denn nicht mitnehmen würde. Und sie hätte am liebsten angefangen zu schreien.

Zürich, 6. Juli 2003

Ihr Blick fiel auf die freigelegten Linien ihrer nackten Scham im Spiegel, und sie fühlte sich in die Zeit zurückversetzt, als sie noch ein kleines Mädchen gewesen war, das unsicher in dieser Gegend des Körpers herumgetastet hatte. Eines Tages war sie auf die Idee gekommen, den Schminkspiegel aus Mutters Handtasche zu holen, um nachzusehen, wie die Falten aussahen, die sie dort zwischen den Fingern fühlte, und die glatte Vertiefung, die sie heimlich manchmal in der Nacht berührte, wenn es kitzelte und kribbelte, nachdem sie aus einem Traum erwacht war, in dem sie die Toilette nicht fand oder nicht benutzen konnte, weil die Wände zu den anderen Abteilen allzu niedrig waren und sie sich nicht getraute, Wasser zu lassen, wenn man ihr dabei zusehen konnte. Jetzt stand sie vor dem großen Spiegel, hatte sich an den flachen Heizkörper, der hinter ihr an der Wand befestigt war, gelehnt. Ihre Beine waren leicht und trugen sie kaum am ersten Tag nach der Operation. Sie war mit Mühe aus dem Bett gekommen, um sich endlich zu duschen nach durchschwitzten Stunden in einem Krankenhausbett, in denen sie nur bleiern vor sich hin gedöst hatte. Sie war unfähig gewesen, etwas anderes zu tun, als an die Decke zu starren oder auf die schweren weißen Gardinen vor dem Fenster, die den Blick aus dem gegenüberliegenden Haus ins Krankenzimmer verwehrten und von der Außenwelt lediglich Umrisse erkennen ließen. Sie teilte das Zimmer mit einer alten verwirrten Dame, die in der Nacht mitsamt den unter den Wundverbänden hervortretenden Absaugschläuchen, die in blubbernden Flaschen am Boden endeten, hingefallen war und um Hilfe gerufen hatte. Nach einer Weile war es ihr gemeinsam mit der Nachtschwester gelungen, die alte Frau wieder ins Bett zu bringen. Danach wollte der Schlaf nicht mehr kommen, und so hatte sie versucht, über das nachzudenken, was ihr die Ärztin im Aufwachzimmer strahlend berichtet hatte. Es sei nicht notwendig gewesen, die Gebärmutter herauszunehmen, man hatte die gutartige Geschwulst, die ihr schon einige Zeit während der Menstruation Schmerzen verursacht hatte, als läge sie in den Wehen, herausnehmen können, und alles sei in Ordnung. Sie würde immer noch Kinder bekommen können, es sei nicht zu spät. Als sie am Morgen das erste Mal aufstehen durfte und allein auf die Toilette gegangen war, langsam schlurfend, war sie froh, die Badezimmertüre hinter sich schließen zu können und allein zu sein, einfach allein. Tränen rannen ihr über die Wangen, die sich ganz seltsam glatt anfühlten. Vielleicht weil ihr Gesicht wie gesalbt war von den Resten des Desinfektionsmittels, dem Kontakt mit der Narkosemaske, sie wusste es nicht und war erleichtert, alles überstanden zu haben.

Sie hatte selbst ein Jahr lang auf der Gynäkologie gearbeitet und bei zahlreichen Operationen assistiert, hatte bei Schwangeren die Öffnungsbreite des Muttermundes viele Male beurteilen müssen, wenn die Frauen mit mehr oder weniger starken Wehen eingeliefert worden waren. Einige schrien vor Schmerzen und kamen mit verschreckten Augen, in Begleitung eines hilflosen Mannes, der sich auf die Frage vorzubereiten versuchte, ob er bei der Geburt dabei sein würde, und sich nicht getraute zu sagen, er wolle draußen warten und eine Zigarette rauchen. Sie taten ihr leid, diese verschwitzten männlichen Wesen, die gar keine Ahnung hatten, welch blutiges Schauspiel in den nächsten Stunden auf sie zukommen würde. Wenn sie dann, während der Kopf des Kindes aus dem Scheideneingang ragte, kurz dem bleichen Begleiter ins Gesicht sah, dachte sie, es würde jegliche Lust zwischen den beiden mit diesem Anblick sterben. Sie musste sich manchmal zurückhalten, den Mann nicht einfach aus instinktiver Überzeugung aus dem Gebärsaal zu schicken. Ein Abend bei Kollegen fiel ihr ein, in dessen Verlauf der Gastgeber das Video von der Geburt seines Sohnes vorzuführen begann. Sie hatte sich unter Vorwänden früher verabschiedet, weil sie die Peinlichkeit der Darbietung nicht ertragen konnte, vor allem weil seine stille Frau anwesend war. Sie wusste damals nicht, ob sie selbst Kinder wollte, hatte sich vorstellen können, Mutter zu werden, aber es wäre undenkbar gewesen, die Ausbildung nicht fertig zu machen, auf der Strecke zu bleiben, wie sie es für sich nannte, in eine Abhängigkeit zu geraten, aus der sie vielleicht nicht mehr hätte ausbrechen können. Die Arbeit auf der Gebärstation lag ein paar Jahre zurück, als ihr Mann gerade auf einer Forschungsreise in der Arktis war und sie nur selten miteinander telefonieren konnten, was ihr ganz recht gewesen war, nach den Streitereien vor seiner Abreise. Es war damals nicht mehr von einem gemeinsamen Kind die Rede gewesen, er hatte ihr schon am Anfang gesagt, dass er sich zu alt fühlte, er hätte Mühe damit, ein in die Tage gekommener Vater zu werden, der mit sechzig einem pubertierenden Sohn gegenüber am Tisch sitzen würde, voller Unverständnis für die Aufregungen dieser Zeit. Sie hatte seine Haltung anfangs akzeptiert, und nach einigen Jahren war es nicht mehr möglich, ihm zu sagen, dass sie sich inzwischen eine Familie wünschte. Sie war sich unsicher, ob sie die Aufgabe wirklich meistern könnte. Dazu hätte sie seine bedingungslose Unterstützung gebraucht. Die Vorstellungen, die sie aus ihrer eigenen Kindheit mitgebracht hatte, waren die des Eingesperrtseins in ein täglich gleiches Muster mit kleinen Ritualen, die sich nur über längere Perioden eine Spur zu verändern schienen und die ausgehalten und gelebt werden mussten, gestaltet und erfunden, auch wenn es sie schon seit Generationen gab und weiter geben würde. Sie erinnerte sich daran, wie ihre Mutter jeden Tag das Mittagessen mit Hingabe zubereitet, und dann, ohne beleidigt zu sein, die verschmähenden Gesichter am Tisch ertragen hatte, denn nie waren alle gleichzeitig zufrieden gewesen.

Mit den Jahren hatte sie bemerkt, wie sehr ihr die Lieblingsgerichte ihrer Jugend, die ihre Mutter auf den Tisch gebracht hatte, mit den speziellen Düften und Geschmäkkern fehlten. Sie hatte schließlich damit begonnen, die Gemüsesuppe und die Kutteln selbst zu kochen, das Beuschel mit Knödeln und den Scheiterhaufen, einen süßen Auflauf aus Semmeln, Milch und Äpfeln. Manchmal, wenn sie sich früher an den Tisch gesetzt hatte, um mit ihrer Mutter gemeinsam die frischen grünen Bohnen zu schneiden oder die Zwetschken für die Marmelade auszukernen, redeten sie miteinander über die Urgroßmutter, die zu Anfang des letzten Jahrhunderts noch zehn Kinder zu versorgen gehabt hatte neben der Kleinkäuschlerei, die sie fast im Alleingang betrieb, während der Mann versuchte, als Arbeiter in einer Fabrik den Familienunterhalt zu verdienen. Einen Gemüsegarten hatte es auch in ihrer Kindheit gegeben, ein weiterer Zufluchtsort der Mutter, wenn sie die Wohnung nicht mehr aushielt und einfach die Kinder mitnahm, die dann am nahen Bach und im Gestrüpp der Aulandschaft, die an die Gärten grenzte, spielen konnten, während sie die Kürbisse erntete und das trockene Laub der Stangenbohnen verbrannte, den Mist unterstach und die Wühlmäuse ausräucherte, die im Spätsommer die Wurzeln des Kohls und die Knollen der roten Rüben anfraßen. Der Geruch der frisch vom Spaten gewendeten Erde, die speckig in der Sonne glänzte, fiel ihr ein. Dunkle braune Erde, und sie sehnte sich, als sie nackt und schwach an den Heizkörper im Badezimmer des

Krankenhauses gelehnt stand, nach den Herbstnachmittagen, an denen in den Gärten die ersten Kartoffeln in der Glut schmorten.

Sie sah an sich hinunter, an ihrem ausgemergelten Körper, der in den letzten Wochen nicht so recht hatte zunehmen wollen, weil sie sich gar keine Mühe gegeben hatte, etwas zu kochen, denn all diese Mahlzeiten hatte sie auch für ihren Mann gekocht, und jetzt hatte sie sich auf einmal satt daran gegessen, brachte, was sie gern gegessen hatte, mit ihm in Verbindung, so als sei alles verseucht mit den Gedanken an ihn. Gedanken, die sie gerne vermeiden wollte, weil sie in quälenden Schleifen in ihrem Kopf zu kreisen begannen, und dieses Karussell musste sie anhalten, noch bevor es sich zu drehen beginnen würde. Er hatte sie nie so nackt gesehen, ohne Schamhaare, so wie sie sich jetzt selbst im Spiegel des Badezimmers der Klinik sah, und sie war froh, ihm nicht alles von sich gezeigt zu haben.

Lofoten, 5. Dezember 2003

Morgen beginnt die Polarnacht. Die letzte Sonne habe ich heute nicht mehr zu Gesicht bekommen, den ganzen Tag Regen und triefende, tief hängende Wolken, bei Süd-Süd-Westwind aufbrausend bis zu Sturmböen. Ich war für einen kurzen Spaziergang unten bei den Felsenhalbinseln am Meer und bin völlig durchnässt in das Haus zurückgekommen, erschöpft vom Stapfen auf dem schweren Boden. Er hat sich vollgesogen mit der Feuchtigkeit der letzten Tage, und das Moor ist aufgetaut, kein fester Tritt mehr zu finden, die Steine sind glitschig und glatt. Seit ich hier auf der Insel bin, wechseln ständig Regen mit Schneetreiben, Sonnenschein und trübes Wetter einander ab. Als ich im Oktober in Bodø von Bord der Hurtigruten gegangen bin, spürte ich im Gesicht die ersten harten Schneeflocken, unerwartet und unwillkommen, denn ich kam aus dem Sommer, hatte eine zweitägige Zugreise und sechs Tage schaukelnden Seegang hinter mir. Ich trat aus dem Rumpf des mächtigen Schiffes an Land mit der festen Absicht, für ein Jahr oder länger hierzubleiben. Auf den ersten Blick erschien mir die Gegend karg und unfreundlich.

Wochenlang habe ich nach einer geeigneten Unterkunft gesucht und kann erst jetzt durchatmen. Vorher war ich ständig unterwegs gewesen, auf der Fahrt die Küste entlang, von Narvik bis Alta, auf engen, sich an den steilen Küsten der Fjorde schlängelnden Straßen, immer von der Hoffnung weitergetrieben, bald eine Hütte oder ein altes Haus zum Überwintern zu finden, das in der dunklen Zeit des Polarwinters, die noch vor mir lag, genügend Schutz bieten würde. Ich hatte auf meinen Ausflügen an verschiedenen Häusern angehalten und gefragt, ob man den Besitzer dieser oder jener Hütte kenne, und hatte mehr als zwei Monate nichts Passendes gefunden. Oft hatte ich den Landrover am Rande einer einsamen Schotterstraße abgestellt, um zu Fuß zu einem Haus zu gelangen, das ich von weitem gesehen hatte und das mir auf den ersten Blick brauchbar erschien. An den scheinbar entlegensten und einsamsten Punkten, ausgesetzt dem Wetter und dem Meer, fanden sich weiß getünchte Holzhäuschen, mit kleinen roten Ställen daneben, in denen man vor Zeiten das spärliche Gras gehortet, die Fische zum Trocknen aufgehängt und das Kleinvieh verstaut hatte. Sie waren von ihren Bewohnern verlassen, der letzte alte Mann war nach Jahren seines einsamen Hausens mit den Füßen voran herausgetragen worden. Niemand hatte sich bereitgefunden, weiter die Zimmer mit Leben zu füllen, die Farbe neu zu malen, der Feuchtigkeit zu trotzen, die alles mit der Zeit an sich nahm, unsichtbar hochkroch, in jedes Brett, jeden Balken, die Zwischenräume mit Schimmel erfüllte. Niemand war da, der dem Wasser die Hitze des Feuers entgegengesetzt hätte. Einige der Häuser schienen wie Totenschädel mit tiefen Augenhöhlen und klaffenden, zahnlosen Mündern, die mich neugierig stimmten. In diese Häuser konnte ich unmöglich eintreten, bereits das Schauen durch die Fenster in das Innere war Raub der Ruhe, als ob die Alten hier noch hockten und unsichtbar ihr Reich verteidigten. Es ist, als wohnten sie jetzt noch immer dort, wo sie nicht mehr hingehörten, während die Natur die Ruinen wieder mit ihrem grünen Frieden zu bedecken begann. Vor vierzehn Tagen habe ich endlich dieses kleine braune Holzhaus gefunden. Es liegt in einer flachen Bucht auf einer Insel im Fjord zwischen dem Festland und den Lofoten. Ich habe den Besitzer nach einigem Fragen im Fischerdorf ausfindig gemacht, einen jungen Mann, der das alte Gehöft von seiner Tante geerbt hatte und es manchmal an Touristen vermietete. Es ist ein abgelegener Platz, weitab von den Häusern anderer Menschen, und er entspricht dem, wonach ich gesucht habe. Den Bescheid, dass ich einziehen könnte, habe ich gerade rechtzeitig vor Beginn der Dunkelzeit erhalten. Als ich im Sommer meine Stelle kündigte, war ich orientierungslos und unsicher, was ich anfangen sollte. Die Reise in den Norden nahm bald konkretere Formen an, je mehr ich mich mit dem Gedanken beschäftigte. Zuletzt war ich fasziniert von dem Plan, ein ganzes Jahr lang in Nordnorwegen zu bleiben. So lange würde mein Geld gerade ausreichen.

Das Haus hier liegt zwanzig Gehminuten von einem alten Fischerdorf entfernt, wo auch die Fähre nach Svolvær oder hinüber zum Festland mehrmals am Tag anlegt. Seit ich hier eingezogen bin, wiederholt sich mein Tagesablauf, bis auf geringfügige Abweichungen in einem Rhythmus, der mir für die Dauer der Sonnenabwesenheit vernünftig erscheint. Die Sonne wird in dieser Gegend am siebten Januar wiederkommen, einen Monat ist es bis dahin. Am Morgen stehe ich nicht zu spät auf, das heißt, zwischen acht und neun, manchmal wird es auch später, wenn ich in der Nacht nicht schlafen konnte und bis vier Uhr gelesen habe. Der Schlaf hat sich in den letzten Wochen schleichend verändert, hat sich zusammengezogen, konzentriert auf wenige Stunden, die, wenn sie endlich beginnen, mich hinabziehen in einen tiefen, dunklen Gang, der sich unter dem Boden der Meeresbucht zu erstrecken scheint und mich in Welten andernorts wieder an einem von Licht durchfluteten Ort, der Finsternis entronnen, ausspuckt. Kurz vor dem Erwachen muss ich zurück durch den langen Gang, um in einen Körper zu schlüpfen, der schwer und müde in der niedrigen Kammer unter dem schrägen Dach liegen geblieben ist. Der Schlaf ist anders hier, lähmend auf eine Art, bedrohlich manchmal.

Nach einem ausgiebigen Frühstück unternehme ich zuerst meine tägliche Wanderung, dann koche ich ein Mittagessen, am Nachmittag lese ich. Es ist mir wichtig, viel Zeit im Freien zu verbringen und mich Wind und Wetter auszusetzen. Ich habe begonnen, mir einen Rundgang zurechtzulegen, für den ich mindestens zwei Stunden benötige, manchmal auch länger, wenn ich noch einen Abstecher auf den Hügel hinter dem Moor mache oder hinaus auf eine kleine Halbinsel wandere, zu der ich nur gelangen kann, wenn ich den abschüssigen Felsen entlangklettere. In den ersten Tagen nach meinem Einzug konnte ich noch zu Fuß laufen, aber inzwischen ist alles mit Schnee bedeckt. Die Langlaufski und die Schneeschuhe stehen im Schuppen neben dem Haus bereit, und je nach Laune oder Bedingungen stapfe oder gleite ich, mit einem kleinen Rucksack ausgerüstet, hinaus ins Moor und hinunter zum Meer. Manchmal lese ich noch eine Weile, bevor ich aufbreche, oder erledige Notwendiges im Haushalt, wie Wäsche waschen, Socken flicken oder versuche zum wiederholten Mal, die Türe zur Außentoilette zu reparieren, die der Sturm in der Nacht aufgerissen und fast aus den Angeln gehoben hat. Dieses Holzhäuschen ist sozusagen das Zimmer mit der besten Aussicht auf die Bucht. Jeden zweiten Tag ergänze ich die Liste der fehlenden Nahrungsmittel, die über dem Herd hängt, mein Gedächtnis scheint sich mit dem täglichen Schwinden des Lichtes zu verschlechtern. All die Dinge, die ich an einem normalen Arbeitsalltag in der Stadt sonst nebenbei erledigt habe, bekommen hier auf einmal eine andere Bedeutung. Der Reis oder der Pfeffer, den ich beim letzten Einkauf vergessen habe, wird, wenn er fehlt, ungeheuer wichtig. Ich fahre selten nach Svolvær, denn ich ertrage den Rummel im Supermarkt und den Verkehr in der Kleinstadt nicht, es ist, als hätte ich mich durch mein Einzelgängertum hier langsam der menschlichen Gesellschaft entwöhnt. Das Auto habe ich hinter dem Schuppen geparkt und nicht mehr angerührt, nachdem ich alle Habseligkeiten in das Haus geräumt habe. Es scheint mir einfacher, den Weg zur Fähre auf Skiern oder zu Fuß mit einem großen Rucksack ausgerüstet, hinter mich zu bringen.

Gestern habe ich die Fähre nach Svolvær genommen. Das Gebrabbel der Passagiere im Rücken beunruhigte mich, während ich zum Fenster hinaussah und das auf- und abschaukelnde Ufer der Insel mit den Augen nach Stellen absuchte, die mir von meinen Spaziergängen bereits bekannt waren. Als ich die ersten Worte wechselte, weil mein Sitznachbar mit mir ein Gespräch anknüpfen wollte, hörte ich meine Stimme unbeholfen und laut. Alles kam mir zu nahe. Ausgelöst durch die unabsichtliche Berührung eines Körpers im Vorbeigehen oder einen flüchtigen Geruch, den ich aufnahm, tauchten vor mir Geschichten zu diesen Menschen auf, mit denen ich in Kontakt kam. Die besetzten Duschkabinen in den Umkleideräumen eines Fußballplatzes, oder die offene Küchenzelle einer Kleinwohnung, in der am Abend Fisch gekocht worden war, standen auf einmal vor mir. Der abgestandene Geruch eines staubigen Büros, der sich im karierten Stoff der Winterjacke einer mit hellblauem Lidschatten geschminkten Frau, die mir gegenübersaß, eingenistet hatte, ekelte mich. Ich nahm die Gesichter und

Gerüche, die Farben der Kleider, das Bild des nachlässig gefärbten Haaransatzes und des löchrigen Lederhandschuhs in mich auf. Die Eindrücke verselbstständigten sich zu Erzählungen, die um das zu kreisen schienen, was ich von den Personen, die mir begegneten, wahrnahm. Ich plante, im Café direkt am Hafen, wo vor den großen Fenstern die Fischerschiffe ankern und auf den sanften Wellen der geschützten Bucht schaukeln, nach dem Einkauf noch einen Kaffee zu trinken und dem Treiben dort zuzusehen, einfach um eine Zeit unter Menschen zu verbringen und vielleicht mit jemandem zu reden, wenn sich Gelegenheit dazu bot. Als ich vor der Rückfahrt das Hafencafé betrat, blieb ich einen Moment lang an der Eingangstür stehen und fühlte den Blick des Kellners hinter dem Tresen am anderen Ende des Raumes auf mir ruhen. Ich mag diese Art des Taxierens an öffentlichen Orten nicht, es kann mich an Tagen, wenn ich halb krank vor Selbstzweifeln aus dem Haus gehe, davon abhalten, die Damentoilette in einem Kaufhaus zu betreten oder in einen Bus zu steigen, in dem viele Menschen eng aneinandergedrängt sitzen. Ich hatte versucht, mich zu wappnen, hatte den beige gemusterten Norwegerpullover angezogen, von dem ich weiß, dass er gut zu meinen rötlichblonden Haaren passt, und der mich gleichzeitig unauffällig erscheinen lässt. Ich sehe dann aus wie eine von ihnen und brauche dieses Gefühl manchmal. Ich habe mit niemandem im Café gesprochen, und nachdem ich wieder im Haus zurück war, habe ich erschöpft drei Stunden auf dem Sofa geschlafen.

Die Abende im Haus sind lang, und ich habe genügend Bücher mitgenommen, in denen ich lesen kann. Zusätzlich im Gepäck habe ich Vaters vier Tagebücher aus dem Zweiten Weltkrieg. Ich war erst kurz vor der Abreise wieder auf seine in braunes Leder gebundenen Büchlein gestoßen, die ich jahrelang nicht in Händen gehabt hatte. Ich blätterte sie durch und beschloss, sie einzupacken, mit dem festen Vorsatz, sie in Norwegen zu lesen. Sie beginnen mit der Beschreibung des Truppentransportes nach Nordnorwegen 1941 und enden mit Vaters Verlegung in die Niederlande im September 1944. Im ersten Band hat er versucht, in den Einträgen seine Eindrücke festzuhalten, die diese braungrauen teils schneebedeckten Landschaften und das Meer in seiner unberechenbaren Wildheit in ihm hinterließen. Die Notizen sind teils mit dicker Tinte zu Papier gebracht, die inzwischen vergilbt ist. An der Oberfläche strahlen die Seiten etwas Ornamentales aus. Ich werde hier genügend Zeit haben, Vaters unleserliche Schrift zu entziffern. Wenn ich mich in der Stille des Hauses im schützenden Lichtkegel der Stehlampe in die Notizen vertiefe, öffnet sich ein Raum, den ich betreten kann und in dem ich um sechzig Jahre in der Zeit zurückversetzt bin.

Zürich, 12. August 2003

Die blattschweren Äste der Platanen entlang des Kieswegs spendeten kühlen Schatten. Sie beschloss, eine Weile dort auf einer Bank sitzen zu bleiben, um ihren Gedanken nachzuhängen. Sie blickte zur Stadt und zum See hinunter, wo alles in träger Hitze zu erstarren schien. Das Blitzen der Autos im grellen Licht, das Funkeln der Wasseroberfläche entlang der Küste heizte die Szenerie noch mehr auf. Sie hatte beschlossen, aus dieser Stadt wegzugehen, weg von der Arbeit in der Klinik, weg von den Wegen entlang der bekannten Häuserecken, die sie an Spaziergänge mit ihrem Mann erinnerten. Sie liebte den See, aber sie hatte es satt, wenn sie abends am Seeufer nach der Arbeit vor Übermüdung einschlief. Beim Aufwachen fühlte sie sich verloren unter all den fröhlichen Besuchern des Badestrandes, den sie fast täglich aufsuchte, um wenigstens ihrem Körper die Entspannung zu verschaffen, die in ihrem Inneren nicht mehr eintreten wollte.

In der Arbeit fand sie sich immer weniger zurecht. Der Tagesablauf mit Sitzungen und Rapporten, zwischen denen kaum Zeit blieb, sich konzentriert einem Patienten zuzuwenden, bereitete ihr Mühe. Die Logik mancher Tätigkeiten, die sie verrichtete, war ihr nicht mehr nachvollziehbar, und sie ertrug es kaum mehr, sich stundenlang mit administrativem Kram herumzuschlagen. Sie war verstrickt in den Kampf mit den Registrierungen des Ablaufs und der Sicherung der sogenannten Qualität nach Kriterien, dem Verbuchen von Arbeitszeiteinheiten und den zahllosen Ansuchen an die Krankenkassen um die weitere Finanzierung der Spitalsaufenthalte. Niemand schien die Absurdität der sich immer schneller drehenden Maschinerie zu bemerken, die mit ihrer Aktivität weit weg war von den Menschen, denen eigentlich geholfen werden sollte. Die Patienten wurden unweigerlich in die Rolle der Störenfriede wider Willen gedrängt und der Arzt in die Position des ständig um die Finanzen besorgten Beamten, der damit seine Glaubwürdigkeit einbüßte. Die Leute sollten so rasch wie möglich wieder in die Arbeit zurückkehren, ohne Rücksicht darauf, dass sie die Bedingungen dort krank gemacht hatten. Doch manche Patienten waren völlig aus der Bahn geraten und waren in der Klinik vorübergehend abgestellt auf einem Nebengeleise, aus dem dann ein Abstellgeleise werden konnte. Wer leitete die Klinik tatsächlich, war es der Chefarzt, der Finanzdirektor, war es das schwer fassbare System, das in einer Institution ab einer gewissen Größe und Anzahl von Beteiligten ein unbarmherziges Eigenleben zu führen begann, oder war es der Wahnsinn selbst. Wenn es wenigstens der Wahnsinn gewesen wäre.

Es war nicht allein die Arbeit, die sie an ein Weggehen denken ließ. Nach dem Auszug ihres Mannes vor ein paar Wochen war sie vorübergehend im Haus ihrer Freundin untergekommen. Es gab keinen Grund mehr, hierzubleiben, die Stadt erschien ihr abweisend und fremd, die Menschen vom Geld gehetzt und schablonenhaft. Inzwischen war die Verständigung mit ihrem Mann noch schwieriger geworden, jedes Wort war zu viel. Er fühlte sich verstoßen, sie sich betrogen. Bereits vor Ablauf der vereinbarten Bedenkzeit hatte er sie gegen eine andere Frau ausgetauscht.

Sie konnte nicht mehr schlafen, fühlte sich beobachtet, kontrolliert und in manchen Situationen kam ein Gefühl von Fremdheit in ihr auf, das sie von früher nicht kannte. Sie hatte den Eindruck, einige Mitarbeiter hätten hinter ihrem Rücken begonnen, über sie zu reden. Sie kam am Morgen kaum aus dem Bett und konnte sich oft nicht vorstellen, wie sie den Tag über die Runden bringen sollte, ohne dass ihr ein Fehler unterlief, der einem Patienten hätte schaden können. Abends wälzte sie sich stundenlang im Halbschlaf auf ihrem Laken, sich wiederholende Szenen des Tages im Kopf. Ständig am Grübeln, ob sie nicht etwas Wichtiges vergessen hätte. Es war an der Zeit, sie musste etwas unternehmen, sie hatte die Stelle gekündigt, aber das war nicht genug.

Lofoten, 18. Dezember 2003

Mein Schlaf hat sich in den letzten Wochen verknappt. Ich liege einfach wach, warte und weiß nicht, worauf, außer auf heilende Ruhe. Niemand wird mir eine gute Nacht wünschen. Wenn ich daliege mit dem Blick auf die schmalen Holzbretter der Zimmerdecke und das Licht nicht löschen mag oder es wieder eingeschaltet habe, meist nach ein oder zwei Stunden, in denen ich mich von einer Seite zur anderen drehe oder zum Fenster hinaussehe, in eine schwarze Dunkelheit oder auf das wechselnde Licht des Mondes, das durch die rasch dahinziehenden Wolken auf den Felshügel im Meer und die glänzende Oberfläche des Wassers fällt, dann frage ich mich, ob ich nicht vor Einsamkeit vielleicht schon krank bin oder einfach allein und das Alleinsein in seinen Tiefen auslote, die nicht bedrohlich sind, sondern still. Als ich im Sommer beschloss, nach Norwegen zu fahren, habe ich mich nach dieser Stille gesehnt. Mitten in diese Stille hinein habe ich unmerklich angefangen, mit mir selbst zu reden. Ich kommentiere laut meine Handlungen, mache mir selbst Vorschläge, was am besten zu tun sei. Soweit ich mich erinnern kann, haben die Selbstgespräche gleichzeitig mit dem Verschwinden der Sonne begonnen.

Die Nächte sind länger geworden, und die Mittage überziehen das Land mit einem dämmrig gedämpften Licht, das dann in kurzer Zeit erschöpft in die zunehmende Dunkelheit versinkt. Wenn ich an manchen Tagen auf dem Sofa hier im Haus liege und zum Fenster hinausstarre, in die schattenlose düstere Landschaft, dann empfinde ich diese Stille hier wie ein gleichförmiges Dahingleiten durch die Tage und Nächte, wie einen Flug knapp über der Erdoberfläche. Es ist ein Schweben, das übergeht in einen Traum, in dem ich mich aus dem Bett in die Lüfte erhebe und südwärts der Inseln und der Küste entlanggleite. Ich nehme die Häuser unter mir wahr, die Menschen in den Straßen der Dörfer oder auf dem Deck von Schiffen. Ich sehe unzählige Schafe wie feine Kleckse über die Wiesen und Hangflächen verteilt, Autos, die an einer Fährstelle warten, bis sie das nächste Boot übersetzt. Ich fliege über das Ende des Festlandes hinaus, in Richtung Skagerrak. Dort bricht der Traum ab, und ich bemühe mich vergebens, mir weiter vorzustellen, wie ich über grüne Flächen hinweg ins Landesinnere Dänemarks schwebe, und meist sehe ich nur mehr Wolken und Nebel vor mir, so als ob alles, was ich mir im Moment vorstellen kann, auf den Norden beschränkt wäre, in seiner grauweißen Kargheit und Klarheit, mit den weißen Flächen des Schnees auf den Bergen und den ausschwingenden Konturen eines Landes, das überall in der blauen Unendlichkeit des Wassers zu versinken scheint.

Heute habe ich mit den Medikamenten aufgehört. Ich habe sie seit August genommen und bin entschlossen, ohne sie auszukommen. Wenn ich den Verstand verliere, wem würde es auffallen. Es macht keinen Sinn, sich dauernd mühsam mit Tabletten vollzustopfen, um dann ein Gefühl von einem in Watte verpackten Körper mit sich herumzutragen, in dieser Kälte, die ich gar nicht mehr richtig wahrnehme. Ich war mit dieser chemischen Hilfe im Stande, die Reise zu unternehmen, ich habe funktioniert, aber gleichzeitig bin ich abgestumpft, vermisse meine fliegenden Gedanken, wie ich sie früher gewohnt war. Meine innere Welt scheint immer karger zu werden. Manchmal kreist mir tagelang derselbe Satz im Kopf, und ich kann ihn nicht verbannen, auch wenn er noch so banal oder sinnlos ist, wie die erste Strophe eines Liedes aus Kindertagen, das ich schon lang nicht mehr gehört oder selbst gesungen habe. – Es war ein König in Thule –. Bereits bei der ersten Strophe war mir früher melancholisch zumute, heute empfinde ich nichts, wenn ich zu singen beginne, und das ist mir fremd. Die Trugbilder und Schatten können wieder auftauchen, die Stimmen können wieder kommen, die mich mehr als ein Jahr irritiert und bis auf die Knochen verunsichert haben.

Ich werde Notizen machen, über die Länge des Schlafes, die Mengen, die ich esse, die Gedanken, die mich beschäftigen, meine Stimmungen, die Stationen meiner Reise, die Begegnungen mit den wenigen Menschen, mit denen ich mich unterhalten habe seit meiner Ankunft hier. Ich werde jede Woche vor dem gleichen Hintergrund in der Hütte eine Polaroidfotografie von mir anfertigen, um die Veränderungen, die eintreten, soweit sie äußerlich sichtbar sind, zu dokumentieren. Die Kamera stammt noch von Vater, ich habe sie nach seinem Tod mitgenommen, weil sie niemand mehr haben wollte. Ich habe mir vorgenommen, mich mit diesen Notizen und Fotografien an der Realität festzuhalten. Ich werde meine Wanderungen weiter fortsetzen, werde Aufzeichnungen über die sich in der Dämmerung verändernden mittäglichen Landschaften machen, das nächtliche Nordlicht und das Wetter beschreiben. Ich habe mir die Telefonnummer eines Arztes in Svolvær aufgeschrieben und werde mich bei ihm melden, wenn ich das Gefühl bekomme, ich würde wieder Dinge sehen oder hören, die es gar nicht gibt, oder ich würde stark an Gewicht verlieren. Ich werde versuchen, der langsamen Auflösung meines Verstandes zuvorzukommen, indem ich die Warnzeichen beachte, die an meinem Körper erkennbar sind. Aber vielleicht ist es gar nicht so schlimm, verrückt zu werden. Die Liste mit den Fährenüberfahrtszeiten zum Festland habe ich innen an der Eingangstüre befestigt, mein Blick fällt unwillkürlich darauf, wenn ich die Hütte verlasse. Diese Liste soll mir helfen, mich rechtzeitig von der Insel abzusetzen, bevor mein Bewegungsradius immer enger wird. Ich habe im Kalender die festgesetzten Daten für die Reisen in die Stadt markiert, habe mir ebenso notiert, welche Gründe für einen Aufschub zu entschuldigen sind, eine fiebrige Grippe zum Beispiel. Ansonsten gibt es kein Pardon, an den von mir festgesetzten Tagen werde ich zum Einkaufen fahren.

Ich werde mich mit dem Aufenthalt meines Vaters hier in Nordnorwegen beschäftigen, über den ich fast nichts weiß, von dem ich aber bereits als Kind den Eindruck hatte, dass er wichtig für ihn war. Auf der Fahrt mit der Hurtigruten im Oktober, als ich an Deck sitzend, in warme Decken eingehüllt, meinen Blick den wechselnden Konturen der Küstenlinien entlang schweifen ließ und immer wieder an Vater denken musste, habe ich mir vorgenommen, seinen Spuren hier zu folgen und herauszufinden, wo er im Krieg stationiert gewesen war. Vielleicht würde es mir möglich sein, ihm nach so vielen Jahren ein Stück näher zu kommen. Vater war mir immer fremd und unnahbar geblieben, und spätestens mit sechzehn hatte ich es aufgegeben, mich um ihn zu bemühen. Es blieb mir damals nichts anderes übrig, als mich von ihm abzuwenden. Wie gern wäre ich manchmal von ihm umarmt worden oder hätte mich gefreut, wenn er mich gefragt hätte, was mich beschäftigt und wie es mir geht. Jetzt lese ich, was er damals vor Jahren geschrieben hat, als er nicht wusste, dass er eine Tochter haben würde, die sich einmal für seinen Aufenthalt während des Krieges hier interessieren könnte. In seinem ersten Tagebuch nennt er wechselnde Quartiere in Schulhäusern und Baracken auf dem Weg nach Norden und erzählt von seiner Begegnung mit dem Nordlicht, als er auf einer Skipatrouille, überwältigt von diesem Anblick, mitten in einer weißlich grün erleuchteten Schneelandschaft stand. Er beschreibt den Truppentransport mit Zug und Schiff und in Marschkolonnen einem Winter entgegen, den er nicht kannte. Die Bücher geben die Jahre seines Aufenthaltes in Bruchstücken wieder, versehen mit zahlreichen Zeichnungen und Skizzen, einigen Fotos von ihm und seinen Kameraden vor wechselnden Hintergrundszenen. Im letzten Buch erzählt Vater aus der Zeit seiner Einquartierung in einem Bauernhof am Meer, zusammen mit seinem Freund Josef, über den er in meiner Kindheit erzählt hatte und der auch auf einigen Bildern zu sehen ist. Vater hat die Namen auf der Rückseite festgehalten.

In der Schulzeit, als ich gerade bei den Vorbereitungen für eine Geografieprüfung über einer Skandinavienkarte saß, fragte ich Vater, warum er denn nicht einmal mit uns gemeinsam so weit in den Norden fahren wolle, wo man das Nordlicht sehen könne. Brummend hatte er gemeint, dass er in seinem Alter in diesen kalten Zonen nichts mehr verloren habe. Er sei lange genug dort gewesen und habe sich immerhin zwei Zehen abgefroren. Gemeinsam mit Mutter habe ich ihm damals zum Geburtstag einen Bildband über nordische Landschaften geschenkt, und dann lag er abendelang auf seinem Lesesofa im Wohnzimmer, in den Atlas und das Buch vergraben, und machte einen zufriedenen Eindruck, solange wir ihn in Ruhe ließen. Er behielt seinen Krieg, wie er ihn erlebt hatte, für sich, und die schneebedeckten, im Dämmerlicht ruhenden Landschaften auch. Auf Fragen antwortete er ausweichend, zurückhaltend, mit kurzen prägnanten Auskünften über die momentane Lage des Landes mit seiner florierenden Ölwirtschaft, oder er erzählte vom Nordlicht, immer wieder vom Nordlicht und davon, dass alte Bauern in der Finnmark glaubten, man solle es respektvoll behandeln und es bei seinem Erscheinen am Himmel begrüßen, sonst würde es zürnen und diejenigen noch im selben Jahr holen, die ihm nicht die notwendige Ehre erwiesen hätten. In späteren Jahren begann er sich mit den Postschiffen Norwegens zu beschäftigen, das war lange nach seiner Pensionierung. Er ließ sich Bücher und Prospekte kommen und buchte eines Tages eine mehrtägige Schiffsreise mit der Hurtigruten von Bergen über das Nordkap zur russischen Grenze und retour. Eine Woche vor Abreise wurde er krank und musste seine Pläne fallen lassen. Es schien mir damals, als sei er erleichtert, und bis zu seinem Tod machte er keinerlei weitere Versuche, wieder nach Norwegen zu gelangen.

Auf der Insel fühle ich mich inzwischen ein wenig zu Hause. Ich mag den Blick auf die steinige Bucht und den sanft ansteigenden Berg, der sich hinter der Hütte erhebt. Von seiner Kuppe aus kann man den ganzen Fjord überblicken, die Aussicht erstreckt sich nach Südwesten auf das freie Meer zwischen der Inselgruppe und dem Festland, weiter im Westen folgt ein Haufen zusammengewürfelter bunter Häuser, Svolvær, angeklebt am Wasserrand unter den schroffen Bergspitzen der Lofoten. Die Sicht auf die Schiffe, die an Schönwettertagen kreuz und quer die graugrüne Fläche durchfurchen, auf und ab torkelnd von einem Wellenberg zum nächsten, um dazwischen spurlos in einem Wellental zu verschwinden, dass ich nicht einmal die Mastspitzen ausmachen kann, mit ihren im Wind flatternden Fähnchen, beruhigt mich. Diese Gegend bestätigt mir in ihrer Unverrückbarkeit täglich meine Existenz. Vor den Menschen ziehe ich mich aus Unsicherheit zurück, obwohl ein paar Leute aus dem kleinen Hafen der Insel Kontakt mit mir suchen, angetrieben von der Neugierde, was eine Frau dazu verleitet, ausgerechnet an diesem Ort kurz vor der Dunkelzeit ein Haus zu beziehen.

Lofoten, 19. Dezember 2003

Das Hütteninnere ist spärlich erleuchtet von den beiden Leselampen, die ich eingeschaltet habe, nachdem ich vorher fast eine Stunde lang in der Dunkelheit des Zimmers eingehüllt verharrt hatte. Vom Sofa aus, das direkt neben dem Fenster steht, kann ich auf das Wasser und die vorgelagerte Felseninsel sehen. Ein kleiner Spalt lässt einen Blick auf den zwischen Festland und Insel liegenden Fjord frei, und weit im Hintergrund blitzen die vom Vollmond beleuchteten weißen Bergrücken des Festlandes, die sich aus der schwarzen, glänzenden, fast glatten Wasserfläche erheben.

Es weht kein Wind. In der Ferne sehe ich eine Lichterkette wie eine Fata Morgana aufblinken und unwirklich flimmern, sicherlich die Straßenleuchten zwischen zwei nahe gelegenen Siedlungen. Als ich in der Nacht mit der Hurtigruten die norwegische Küste entlangfuhr, fielen mir immer wieder diese wie auf einer Perlenschnur aneinandergereihten Laternen auf, weit und breit kein Dorf in Sicht, kein Mensch zu sehen. Ich bin von der Kälte müde geworden, nachdem ich vorher im Schutz der Scheunenwand auf dem Gaskocher den Lachs zubereitet habe. Die Küche ist nicht vom Wohnraum getrennt, und der Kochgeruch dringt durch die Ritzen der Bretter bis in die Schlafkammer hinauf, deshalb habe ich mir angewöhnt, den Fisch bei jedem Wetter draußen zuzubereiten. Heute hat es minus zehn Grad, die Luft ist trocken und die Kälte leichter zu ertragen. Ich habe mir vorgenommen, mit dem Schreiben einiger Briefe zu beginnen. Je länger ich hier allein lebe, umso weniger habe ich das Bedürfnis, mich jemandem mitzuteilen. Es genügt mir, mich in der Fantasie mit meinen Briefpartnern, insbesondere mit meiner Freundin Lina, in deren Haus ich nach der Trennung von meinem Mann eine kleine Wohnung bezogen hatte, zu unterhalten. Ich habe sie schon vier Wochen nicht mehr angerufen und nehme mir vor, es demnächst zu tun. Ich werde ihr erklären, warum ich im Moment gerne hier bin. Die Tage verlaufen gleichförmig. Als ich ihr letzten Sommer von meinen Reiseplänen erzählte, hörte sie mir aufmerksam zu, und wir diskutierten am Abend in der Küche, wie der Aufenthalt aussehen könnte. Lina hielt die Reise zunächst für eine Gedankenspielerei, und erst mit der Zeit verstand sie, wie ernst es mir damit war. Zuletzt hat sie mir geholfen, den Landrover zu packen, den ich vor der Abfahrt mit einem Gestell für die Kleider- und Vorratskisten und einem Hochbett darauf hatte ausstatten lassen, damit ich auch im Auto übernachten konnte. Als wir auf das Gelingen meines Abenteuers anstießen, sagte sie mir zum ersten Mal, dass sie mich ein wenig um meine Freiheit, einfach wegzugehen, beneide.

Draußen vor der Bucht gleitet träge und langsam die hell erleuchtete Silhouette der südgehenden Hurtigruten vorbei, sie trägt vom Bug bis zum Heck eine Lichtergirlande, manche der neueren Modelle tragen um die Weihnachtszeit einen Stern am Schornstein. Es ist mir immer wieder eine Beruhigung, wenn ich die stummen Boten der Zivilisation auf dem Meer vorbeiziehen sehe, und ich kann nicht anders, als sie mit meinem Blick so lange zu verfolgen, wie sie am Horizont sichtbar sind, begleitet von einer Spur Wehmut. Als ich vor meinem Einzug in das Haus hier für zwei Wochen in Svolvær logiert habe, bin ich manchmal am Abend vor Ankunft der Postschiffe hinaus auf die Mole gegangen, um sie die enge Hafenpassage hereinkommen zu sehen, still gleitend hinter den zum Fischtrocknen errichteten pyramidenförmigen Holzgestellen. Die Schiffe schienen bereits auf Land dahinzufahren oder die dem Hafen vorgelagerte Insel in jeder Sekunde zu durchbrechen, mit ihrer Mächtigkeit an Masse und mit der ungeheuren Höhe, mit der sie die zweistöckigen Lagerhäuser überragten, wenn sie vor Anker lagen. Weiter draußen, als man die Motorengeräusche noch nicht hören konnte, hatte ihr rasches Herangleiten in der Finsternis etwas Unheimliches. Ich bin während ihres einstündigen Aufenthaltes an Bord gegangen, um mir die unterschiedlichen Bauweisen der in Gebrauch stehenden Schiffsarten anzusehen, die großzügigen Kreuzfahrtdampfern ähnelnden neueren Varianten, die in ihrer Gleichförmigkeit und in der etwas kitschigen Art, Luxus früherer Zeiten zu imitieren, bald langweilten. Interessanter waren die älteren Modelle, wie die Vesterålen oder das älteste Schiff, die »Lofoten«, deren Wendemanöver, das die Hafenarbeiter liebevoll die Svolværkurve, auf Norwegisch »Svolværsvingen« nannten, ich im Hafen zweimal gesehen habe. Mit Hilfe des Ankertaues wurde der Bug des Schiffes gegen die Hafenmole gehalten, um das Heck unter Quietschen und Knarren nach außen zu drehen, bis die Spitze des Buges, unter der ich meist zur Beobachtung stand, geradewegs die Betonmauer zu spalten drohte. Ich war mir nicht sicher, ob das unterarmdicke Tau plötzlich in größter Anspannung reißen könnte. Es lief mir kalt über den Rücken, als ich am schwarzroten Schiffsrumpf hinaufsah, der sich in der spärlichen Beleuchtung des Hafens nur unmerklich von der Farbe des darüber liegenden Himmels abhob, auf dem bereits auf dunklem Grund das Nordlicht seine zarten Spuren legte. Beim Hören dieses qualvollen Ächzens, den das gespannte Tau von sich gab, wurde ich mir des beharrlichen Trotzens der Menschen gegen das Meer und die Isolation hier auf den Inseln bewusst. Dieses Aufbegehren war körperlich zu spüren. Bei meiner Anreise mit der Hurtigruten hatte ich mich innerlich belustigt, dass in Ålesund und Bodø ganze Familien am Sonntag das Schiff gestürmt hatten, um herumzuschlendern und sich über Details der Einrichtung zu unterhalten, oder die eine Stunde des Aufenthaltes zu nutzen, gemeinsam im Restaurant ihr Mittagessen zu zelebrieren, oft in Begleitung der Großeltern. Man war verbunden mit der Außenwelt, mit einer Welt der scheinbaren Internationalität und mit ein klein wenig Luxus. Aber es war auch Nationalstolz. Darauf bin ich gestoßen, als ich die Berichte über die Versenkung von Postschiffen im Zweiten Weltkrieg gelesen habe.

Wenn ich abends über meiner Lektüre sitze, ist es mir zur Gewohnheit geworden, um neun am Fenster zu warten, ob die Schiffe pünktlich kommen, denn die nord- und südgehende Route kreuzen sich einige Kilometer südlich von hier, vor Henningsvær, und ich kann die Schiffe im Abstand von einer Viertelstunde draußen vorbeiziehen sehen. Ich gehe um diese Zeit oft vor die Türe oder bis zum Strand der Bucht, und wenn an manchen Tagen der Wind vom Festland her weht, dann ist mit einer kleinen Verspätung, nachdem das Schiff sichtbar wurde, auch das dumpfe Brummen der Motoren zu hören. Hin und wieder wünsche ich mir, ich könnte an Bord gehen und mitfahren oder die Leute an Deck und hinter den Panoramafenstern würden wenigstens mein Winken hier sehen, wenn ich meine beiden Taschenlampen in der Luft schwenke oder mit den langen Fackeln, die ich mir eigens für diese Gelegenheiten gekauft habe, große Kreise und Buchstaben in die Luft schreibe, bis ich erschöpft damit aufhöre, nachdem die beleuchteten Silhouetten hinter dem nächsten Küstenvorsprung wieder verschwunden sind und mein Blick in der Dunkelheit zurückbleibt. Selbst wenn ich mich dazu entschließen würde und an Bord ginge, wüsste ich nicht, in welche Richtung ich mitfahren wollte. Nach Norden, wo es noch länger dunkel ist als hier, nach Süden, zurück dahin, woher ich gekommen war.

Wenn ich mehrere Tage niemanden gesehen, mit niemandem gesprochen habe, dann drängen die Bilder aus der Vergangenheit immer stärker heran. Ich wehre mich nicht mehr, lasse mich an manchen Abenden, wenn ich gerade nicht lese, hineinziehen in eine Welt, die es früher in einer anderen Umgebung für mich gab. Plötzlich ist da ein Lichteinfall durch das hohe Fenster einer Altbauwohnung, eine Szene am See, ein Geruch nach gebratener Forelle in einem Gasthausgarten unter den Kastanien, ein Treffen an einer Straßenecke gegenüber dem Grazer Stadtpark, an der ich seit zehn Jahren nicht mehr war, in der Stadt, die ich vermisse und in die ich nie mehr zurückgekehrt bin. Die Gedanken fliegen immer weiter, erzählen mir, was ich längst vergessen glaubte, und manchmal taucht Zorn in mir auf oder eine unvermittelte Traurigkeit und, gepackt von einer Unruhe, ziehe ich die warmen Kleider über und streiche um die Hütte, oder am Meer entlang, leise mit mir redend, bis ich müde werde, oder die Kälte an mir zu nagen beginnt und ich dann mit leerem Kopf in das Haus zurückkehre, um mich zu wärmen und ins Bett zu legen.

In den Tagen Anfang Dezember, als die Sonne endgültig verschwand und die Dunkelzeit begonnen hatte, habe ich zunächst die besten Vorsätze gehabt, gut auf mich aufzupassen und zu sehen, dass ich bei Kräften blieb. Die Polaroidfotos der letzten beiden Wochen erschienen mir unauffällig, ich habe sie nebeneinander an die Holzwand in der Stube geklebt, um immer wieder einen skeptischen Blick darauf richten zu können und zu vergleichen, was mir mein eigenes Spiegelbild täglich am Morgen verbergen könnte. In einer mir unbekannten ängstlichen Art habe ich begonnen, darauf zu warten, dass irgendetwas Unvorhergesehenes, Unbeschreibliches aus mir hervorbrechen könnte, etwas, das ich vorher noch nicht an mir gekannt habe. Seit gestern bemerke ich einen Druck auf der Brust, und das Atmen erscheint mir schwerer, wenn ich mich auf das Heben und Senken des Brustkorbs zu konzentrieren versuche. Ich mag mich nicht mehr aufraffen, hinauszugehen, und es kostet mich Überwindung, die regenfesten Überhosen anzuziehen, denn ich komme mir in meinen Bewegungen unendlich umständlich vor, wenn ich mich auf meinen täglichen Spaziergang vorbereite. Ich ertappe mich öfter dabei, etwas vergessen zu haben, wenn ich in der Bucht unterwegs bin oder mit den Langlaufskiern hinauf in das Bergtal laufe, wo ich dann auf einer Anhöhe Rast mache und über den nördlichen Teil der in der Dämmerung liegenden Insel hinunterblicke. Einmal habe ich das Fernglas vergessen, ein andermal die bereitgestellte Thermoskanne mit Hagebuttentee. Wenn ich umgeben von Nässe und Schneetreiben am Meer meine Schritte anhalte und nichts zu hören ist außer dem diffusen Rauschen des Wassers weit draußen hinter den Felsbuckeln, habe ich in den letzten Tagen den Eindruck, in einem Käfig herumzulaufen, dessen Gitterstäbe ich nicht sehen kann, selbst wenn ich die gewohnten Wege verlassen würde, ich würde unweigerlich auf sie stoßen. Ich stehe am Strand der Bucht und wünsche mir, die Sonne würde über den Horizont steigen und die Welt wieder weiter erscheinen lassen.

Zürich, 25. August 2003

Das milde graukühle Licht des späten Morgens fiel durch das länglich schmale Fenster an der gegenüberliegenden Wand, das einen Spalt offen stand. Sie versuchte, im Ausschnitt des Himmels, den sie vom Bett aus durch die Scheiben sehen konnte, zu erkennen, ob es zu regnen begonnen hatte. Es war Ende August, und das greifbar trübe Grau des Morgens in den Scheiben ließ in ihren Vorstellungen einen Winter wie vor Jahren mit viel Schnee auftauchen, als der Hund, bis zu den Ohren in der weißen Masse versunken, zu einem Sprung ansetzte, um ihr nachzulaufen, den Bach entlang, unter den schwer beladenen Zweigen der Weiden. Sie spürte kalten Schnee im Gesicht, Bilderfluten in Weiß, denen sie nicht nachhängen wollte. Plötzlich die Gestalt ihres Mannes, undeutlich im Gestöber seine tänzelnden Schritte im Gewirr der Flocken. Er hatte wie üblich keine Mütze dabei, auf dem Weg zu seinem Elternhaus, das inzwischen nur mehr durch die Form an den Bauernhof erinnerte, der er früher einmal gewesen war. Das Land war ringsum verbaut mit drei- bis vierstöckigen Mietshäusern, dort, wo früher die Kühe gegrast hatten, standen Autos oder spielten Kinder lärmend mit einem Ball. Er kehrte immer wieder zurück, denn es erwartete ihn dort seine betagte Mutter, die still auf eine seiner unangekündigten kurzen Visiten hoffte. Sie waren noch eine Runde durch den Ort gegangen, auf den Friedhof, wo er kurz am Grabkreuz des Vaters stehen blieb, bedacht, sie durch ein paar belanglose Sätze abzulenken, damit er sich nicht bei der Traurigkeit ertappt fühlen musste, die er nicht zulassen wollte.

Sie drehte den Kopf, wollte nicht hineingezogen werden in diese frühere Welt und blickte an der Decke entlang auf den Körper, der unter den Falten des weißen Stoffes gebettet lag, dessen Konturen sie nur erahnen konnte, so sehr hatte er sich neben ihr eingerollt zu einem Bündel. Dieser Mann neben ihr war für sie auf einmal fremd, und seine Anwesenheit verscheuchte nicht die schlechten Träume, die nicht Sehnsucht in sich bargen, sondern Verlassenheit, nachdem sie ihn vor ein paar Wochen gebeten hatte, seine Sachen zu packen. Sie wusste, er hatte inzwischen jemand anderen im Kopf. Sie nahm seinen veränderten Geruch wahr, er hatte das Rasierwasser gewechselt. Sie blickte weiter zum Fenster und beugte sich über ihn und versuchte, seinen Atem zu riechen, so wie sie ihn ganz am Anfang in sich aufgenommen hatte.

An einem dämmrigdunklen Sonntagmorgen, als die Straße ruhig dalag und alles noch zu schlafen schien, hatten sie gemeinsam seine Sachen ins Auto gepackt.

Es hatte nicht viel zu teilen gegeben, denn er hatte nur seine Bücher und zwei Koffer voll mit Kleidungsstücken zu verstauen, und ein paar Tassen und Töpfe für den Start. Alles andere würde er später holen, mit diesen banalen Dingen wollte er sich nicht belasten. Ein halbes Jahr getrennt und allein leben, um zur Besinnung zu kommen, um herauszufinden, warum das Getriebe zwischen ihnen nicht mehr laufen wollte, warum sie sich erstickt fühlte und er meinte, sie nicht mehr erreichen zu können, das hatten sie sich nach langen Streitereien und Gesprächen vorgenommen. Zum Abschied hielt er sie fest umschlungen, als sei es das Selbstverständlichste auf der Welt. Sie hatte seinen kantigen Körper gespürt und sich gewünscht, er würde nicht einfach gehen und sie alleine zurücklassen. Sie hatten sich nicht verabredet, man würde sich sehen, bald, irgendwann, vielleicht länger nicht, denn sie würde sich nicht so schnell melden, würde ihn nicht auf sein Drängen hin in Graz besuchen, wo er vorübergehend die Wohnung eines Freundes beziehen wollte. Es war Zeit, ihn gehen zu lassen. Seine Gestalt war damals in die Dunkelheit entglitten, ohne dass sie ihm noch sagen hätte können, er solle mit ihr nach Hause gehen und ihre Hand halten und sich neben sie legen, sonst nichts. Sie hatte es nicht gesagt, und jetzt war es zu spät. Sie fuhr die Linien seiner Nase und Stirn in der Luft nach, mit weichen Fingerspitzen, versuchte sich an die Hoffnung und Sehnsucht zu erinnern, die sie damals empfunden hatte, als er nach ihrem ersten Rendezvous am oberen Ende der Straße um die Ecke gebogen war, mit federndem Schritt, ohne sich umzudrehen, und sie zurückließ, an eine Mauer gelehnt. Lange stand sie im Schatten des dichten Laubbaumes, der sie vor dem schwachen Licht der Straßenlaterne schützte. Er war längst aus dem Blickfeld verschwunden. Das war vor mehr als zehn Jahren in Graz.

Er sehnte sich, das wusste sie, den ganzen Abend und die ganze Nacht nach jemand anderem, sie hatte die Entfernung trotz seiner Nähe spüren können, als sie ihre Hand in die seine legte. Am Vorabend war er vor der Türe gestanden und hatte gefragt, ob er sie besuchen dürfe, und sie hätte weder Ja noch Nein sagen können, als er bereits im Vorraum stand und sie hilflos angesehen hatte, mit diesem Blick, der ihr ein Kinderbild von ihm in Erinnerung rief, das seine Mutter ihr einmal gezeigt hatte, ein lachender Knabe mit einem fehlenden Schneidezahn, der sich über das Leben freut, und inzwischen erkannte sie in seinen Augen einzig das Unverständnis über den Verlust der Freude.

Sie stand auf, vorsichtig, leise, wollte ihn nicht wecken, wollte noch eine Weile allein sein, fühlte das Grau des Morgenlichtes auf ihrem Körper. Sie wollte nicht, dass er ihr ins Gesicht sehen konnte, die spürbare Leere ihres Blickes, die sie in der Verhärtung der Wangenmuskeln fühlte, in den zurückgesunkenen Augäpfeln, die sich in die Knochenhöhlen verkrochen hatten. Es war Zeit, die Medikamente zu nehmen, und sie wollte auch nicht, dass er sah, wie sie die großen Pillen hinunterschluckte, mit Widerwillen, aber aus einer Notwendigkeit, die sie im ganzen Körper als zitternde Angst spüren konnte, wenn sie daran dachte, wie schnell ihr die Kontrolle über ihre Sinne entgleiten könnte. Ein paar Tage nachdem er ausgezogen war, hatte sie sich an eine Kollegin gewandt und ihr erzählt, wie sie nach und nach den Boden unter den Füßen verlor, nicht mehr arbeiten konnte und von Trugbildern heimgesucht wurde, die sie nicht einordnen konnte. Er wusste nichts von den Medikamenten, die sie einnahm, und sie würde ihm davon auch nichts mehr erzählen. Sie ging auf das Fenster zu. Die Sonne warf die ersten zaghaften Strahlen in den Hinterhof und kündigte den Beginn eines neuen langen Tages an. Es war verrückt von ihm gewesen, sie darum zu bitten, bei ihr übernachten zu dürfen. Sie sah sich im Spiegel, nachdem sie die Medikamente geschluckt hatte, und als würde sich eine Veränderung unmittelbar in ihrem Gesicht ablesen lassen, blieb sie wie angenagelt stehen. Während sie sich ein Bad einlaufen ließ, schlief er noch tief in den Kissen, und sie stellte sich bereits vor, wie er nach dem Kaffee in sein Auto steigen und abfahren würde. Sie hätte den ganzen Tag noch vor sich, genau vorgeplant mit Verrichtungen, die sie im Leben hielten, damit sie den Tag hinter sich brachte und eine neue Nacht begann, die ihr ein Gefühl der Geborgenheit gab. Sie würde ein Buch zur Hand nehmen, um die Gedanken an ihn zu vertreiben, und später am Abend würde sie in der Küche eine Tasse Tee trinken, in die Dunkelheit der großen

Fenster starren oder auf den Mond, wenn er über den Hausdächern die Ränder der Erde streifte und die Straßen mit einem gläsernen Licht überzog. Dann würde sie die Haustür öffnen, dem kühlen Hauch der Finsternis entgegentreten, als wollte sie sich vergewissern, dass es die Finsternis draußen gab, dass sich nicht nur undurchdringliches Schwarz in der Welt breitgemacht hatte. Eine Finsternis, die genauso gut eine gleißende Helligkeit sein konnte, ein blendendes Weiß, in dem alle Konturen und Schatten verloren gingen und alles zur Fläche wurde, ausgeleuchtet bis auf den Grund, bis in den letzten Winkel hinein, sinnentleert, kein Geheimnis mehr in sich tragend, starr, keine Bewegung, kein Laut, kein Geruch, nichts, einzig unerträgliche Helligkeit.

Zürich, 30. August 2003

Es war Nacht, zwischen drei und vier Uhr morgens. Sie ging zu ihrem Schreibtisch, an dem sie alles vorbereitet liegen sah, den Brief an den Bruder zuoberst. Er sollte die Formalitäten regeln, er war dazu im Stande, er besaß diese Art von harter Nüchternheit über weichem Kern, er sollte sich zurechtfinden können in dem Durcheinander von Versicherungspolicen, Mietverträgen, Bankauszügen, er sollte die Bescheinigungen an die richtigen Stellen versenden. Sie hatte alles für ihn vorbereitet, notiert, zurechtgelegt, denn er konnte nicht wissen, in welchen Zusammenhängen sich ihr Leben im Detail abgespielt hatte, niemand wusste es außer ihr selbst. Dieser bürokratische Leib, der einem angepasst wurde, je nach Einkommen, Berufsgattung, Standeszugehörigkeit. Man hätte, ohne dass auch ihm ein Ende bereitet würde, nicht sterben können, und dieses Sterben sollte der Bruder in die Wege leiten, nach ihrem Tod. Sie kontrollierte noch einmal die Anschriften der Kuverts, die sie in den Briefkasten stecken wollte, eines an ihre Mutter, eines an den Bruder, drei an nahe Freunde, denen sie noch ein paar Gedanken zum Abschied schicken wollte, und eines an ihren Mann. Sie wollte ihm seine Briefe zurückschicken, von denen sie einige Zeilen noch immer im Kopf hatte, eine bis zur Unleserlichkeit reduzierte Buchstabenansammlung, die zu einer Linie zu verstreichen drohte, aber immer wieder in unruhigen, unvorhersehbaren Zuckungen ausbrach. Seine Sätze waren mit sich selbst beschäftigt, wurden manchmal durchbrochen von Schwärmereien, die sie ihm so gerne geglaubt hatte, von Zukunftsplänen, die verlockend klangen. Sie hätten nach Italien auswandern können oder in Kanada gemeinsam neu beginnen, und sie hatte sich überlegt, wie sie es mit ihrer Arbeit organisieren würde. Die Welt war groß gewesen in der Vorstellung, die er in ihr geweckt hatte. Vielleicht hatte sie ihm jahrelang geglaubt, weil er älter war und sie ihm mehr Lebenserfahrung zutraute. Sie hatten sich zu selten gesehen, um etwas von dem, was da im gemeinsamen Raum der Vorstellung heraufbeschworen worden war, auch nur in Ansätzen zu verwirklichen.

Was getan werden musste, hat sie seit langem vorgeplant. Den Termin hatte sie immer wieder verschoben in langen Nächten, in denen sie vom Küchentisch aufgestanden war, nachdem sie ein Glas Wein getrunken hatte, das sie müde ins Bett trieb, an der Oberfläche versöhnt mit dem Leben, dessen scheinbare Aussichtslosigkeit sich in solchen Momenten in bleierne Melancholie auflöste, nachdem ihr Gesicht von den Tränen getrocknet war und das Papier, das sie vollgeschrieben hatte, zerknüllt am Boden liegen blieb. An diesem Abend hatte sie nichts getrunken, sie plante die Handlungen nacheinander auszuführen, die notwendig waren, um das Haus in gewohnter Ordnung zu hinterlassen, bevor sie die Lederjacke vom Kleiderständer nahm, die schwarzen Lederhosen. Sie wollte nicht, dass der spitze Bruchrand ihres gebrochenen Oberschenkelknochens durch den Stoff hervorstach, dass ihr Mantel blutgetränkt an ihrem Körper klebte. Das Leder war das geeignete Korsett, das sich um ihre zerschmetterten Glieder schmiegte, eine zweite Haut, wie sie es bei Motorradfahrern gesehen hatte, die sie im Notarztdienst vom Straßenrand aufgelesen hatte. Sie erinnerte sich an das Geschwisterpaar, zu deren Leichenschau sie zusammen mit ihrem Kollegen gerufen worden war. Die beiden waren von der Autobahnbrücke gesprungen, aus einer Höhe, die genügte, die Körper weich werden zu lassen. Ein Abschiedsbrief in der Manteltasche des Mannes hatte die Umstände angedeutet, eine Geschwisterliebe, verboten, verschämt, beide im Alter von Mitte vierzig, und sie hatte immer gedacht, dass man an Liebe nicht sterben könne. Sie selbst war Ende zwanzig gewesen, und sie erinnerte sich daran, wie gerne sie die beiden aufgeweckt hätte. Nichts war unumkehrbar in ihrer Vorstellung damals.

Sie sah noch einmal in den Spiegel, bevor sie das Licht im Bad löschte, verwundert über ihr Aussehen, das nichts mehr von der unschuldiger Neugierde ausstrahlte, die früher ihre hellblauen Augen in sich getragen hatten, deren Blick ihr nun so alt entgegensah, dass sie nur mehr die Lider schließen konnte. Dann betrachtete sie sich lange und war erstaunt, in ihren Zügen trotzdem nicht den Entschluss zu erkennen, von der Brücke zu springen. Sie knöpfte die Jacke zu, während sie die Stiegen zum Erdgeschoss hinunterging. Sie blickte ins Wohnzimmer, zur schlechtwettergrünen Couch in der Ecke, auf der sie oft gelegen war, in sich versunken, tief in die luftgefüllten, weichen Polster vergraben. Dahinter das Aufblitzen der orangegelben Seidenvorhänge, die sie in Italien gekauft hatte, um das puritanische Schwarzweiß zu durchbrechen, das sie die letzte Zeit umgeben hatte. Diese farbliche Strenge um sich hatte sie mitgenommen aus der Zeit des langsamen Entfremdens von ihrem Mann, als die vorher im Gleichtakt fließenden Atemstöße sich voneinander entfernten. Sie ging zum Esstisch hinüber, vorbei am Telefon, dessen Anrufbeantworter stumm, ohne Blinkzeichen, vor sich hin leuchtete. Hätte jetzt jemand eine Nachricht für sie hinterlassen, sie hätte sie nicht mehr gehört. Dann setzte sie sich an den Küchentisch, an dem sie viele Tage und Nächte verbracht hatte, ihr liebster Platz, der ihr die Geborgenheit der Kindertage suggerierte, als die Küche der Raum war, in dem sich das Leben abspielte, in der man nicht allein sein musste, wenn Mutter dort kochte, oder der Großvater auf einen Vormittagskaffee vorbeikam und vom Sessel unter dem Wandtelefon aus der Mutter zusah.

Sie war zufrieden mit ihrem Entschluss, der sie wie eine Hülle umgab, durch die nichts mehr an sie herandrang, auch nicht mehr das Kratzen der Katze am Fenster, das sie mit einem stummen Blick durch die Scheiben beantwortete, aber sie ließ sie nicht mehr wie sonst herein, denn die Haustüre, die sie hinter sich schloss, war vielleicht tagelang geschlossen, bis das schwarze Fell mit einem entsetzten Miauen ins Freie entgleiten könnte, an den erschrockenen Eintretenden vorbei. Den Hund gab es nicht mehr, und sie hatte bereitwillig akzeptiert, die Nachbarskatze tageweise zu adoptieren, die, müde von den Neckereien der Kinder, gerne ein paar Stunden auf dem Sessel vor dem Ofen schlief. Dort lag sie versunken in eine Wolldecke, die sie begleitet von genüsslichem Schnurren mit ihren scharfen Krallen bis zur Unansehnlichkeit zerzupft hatte.

Lofoten, 23. Dezember 2003

Draußen vor dem Fenster des Wohnraumes steht ein Schneeberg, der mir bis zur Hüfte reicht. Er ist durchsetzt von einer Vielzahl kleiner Höhlen für Teelichter, die ich morgen am Heiligen Abend anzünden werde. Ich hoffe, dass in der Nacht kein Tauwetter kommt und meinen Lichterberg schmelzen lässt, denn ich freue mich auf den Anblick, der mir die weltverschlingende Dunkelheit erhellen soll. Ich habe die Holzvorräte unter der Stiege im Vorraum aufgefüllt, nachdem ich zuerst den Weg zum ehemaligen Stall freischaufeln musste, und spüre von der Arbeit ein dumpfes Ziehen in den Muskeln meiner Hände. Zufrieden mit meinen Weihnachtsvorbereitungen lehne ich mich in den Kissen des Sofas zurück, um in die mittägliche Dämmerung hinauszusehen. In den letzten Jahren habe ich keinen Christbaum gekauft, und die Idee, einen Schneeberg zu bauen, beschäftigt mich seit Tagen. Es sind die ersten Weihnachten, die ich alleine verbringe. Letztes Jahr war mein Mann mit einem Freund in den Skiferien, und ich habe in Linas Familie gemeinsam mit ihren Kindern alle Weihnachtslieder gesungen, die uns eingefallen sind, und zuletzt hat Otto,

Linas Mann, noch ein vergilbtes Liederheft aus seiner Volksschulzeit geholt, und wir Erwachsenen saßen bis in den Morgen zusammen und haben Erinnerungen aus Kindertagen erzählt, als wir in den Sechzigerjahren den Vorstellungen der heilen Welt der Kleinfamilie ausgeliefert waren.

Rune, der Bibliothekar, den ich in Svolvær bei meiner Suche nach Büchern über den Zweiten Weltkrieg kennen gelernt habe, kommt mit seinem Hundeschlitten auf Ausfahrt vorbei. Ein paar Minuten später erscheint seine Frau auf Langlaufskiern, in ihrem roten Norwegeranorak, der ihr viel zu groß ist und fast bis zu den Knien reicht. Eine mit Wolfspelz besetzte Kapuze umrahmt ihr blasses Altmädchengesicht. Sie wohnen in einem Haus unten im Fischerdorf, in der Nähe der Fährenanlegestelle. Er hält den Schlitten wie zufällig vor meinem Haus an, macht sich am Geschirr der Hunde zu schaffen, die in ihrer Unruhe kläffend und heulend herumwetzen, ungeduldig auf die Weiterfahrt wartend, wobei mir das Geheul unmissverständlich zu verstehen gibt, dass ich es als Einladung auffassen könnte, vor der Türe ein wenig mit ihnen zu plaudern. Ich schlüpfe in meine Pelzstiefel und streife die Daunenjacke über, um sie zu begrüßen und ein paar Worte zu wechseln. Er nimmt die Mütze vom Kopf und streicht sich etwas verlegen sein wirres graues Haar mit dem Wollhandschuh aus dem Gesicht. Nach einer Weile lade ich beide zu einem Kaffee ins Haus ein, aufgemuntert durch die ersten Sätze über das Wetter, welche unvermeidlich hier in dieser Gegend ein Gespräch einleiten. Mich beeindrucken die Wetterwechsel, denen man hier ausgesetzt ist, immer wieder, und es scheint mir eine natürliche Folge davon, dass man diesen Beobachtungen mehr Gewicht beimisst als in den Teilen Mitteleuropas, wo im Winter tagelang bleierne Hochnebelfelder die Sicht auf den Himmel versperren. Während wir uns drinnen im Haus unterhalten, fällt mit einem Mal ein Schnee über die Landschaft her, viel schwerer und härter, als ich es je vorher erlebt habe. Das Weiß ist durchsetzt von Eisperlen, die auf das Blechdach des Hauses trommeln, und Rune stürzt hinaus, um die Hunde aus dem Geschirr zu spannen und unter dem schützenden Vordach zu platzieren. Das Trommeln und Rauschen ist inzwischen noch lauter geworden. Ich bin froh über die unverhoffte Abwechslung des Besuchs, auch wenn ich den Kontakt zu den Menschen noch immer scheue. Bereits nachdem ich die beiden kennen gelernt hatte, überlegte ich mir, Rune und seine Frau näher ins Vertrauen zu ziehen und ihnen zu erzählen, dass es mir nicht so gut geht und mein Rückzug hier so etwas wie eine Suche nach Erholung ist. Inzwischen beruhigt mich ihr Vorbeikommen. Ich weiß, dass ich mich jederzeit bei ihnen melden kann, wenn ich Hilfe brauche. Obwohl man hier in dieser verlassenen Gegend niemanden im Stich lässt, tut es gut, zwei Menschen etwas näher zu kennen.

Bereits bei meinem ersten Besuch in der Bibliothek habe ich mit Rune ein gemeinsames Thema gefunden, nachdem ich erzählt hatte, dass mein Vater im Zweiten Weltkrieg in dieser Gegend stationiert gewesen war. Er hat mir seine Hilfe bei meiner Suche nach Material angeboten. Heute erzählt er mir von zwei älteren Männern, die ihm in den Sinn gekommen sind, und gibt mir ihre Telefonnummern mit dem Hinweis, ich könne sie anrufen, er habe mit ihnen gesprochen, sie würden mir gerne ihre Erinnerungen aus dieser Zeit erzählen. Rune hat es sich zur Aufgabe gemacht, immer einige Bücher für mich auf seinem Schreibtisch bereitzuhalten, wenn ich in der Bibliothek vorbeischaue, die er mir dann zur Ansicht vorlegt. Die Auswahl reicht von den Beschreibungen eines deutschen Leutnants über die Truppentransporte nach Norden, Geschichten über das Leben auf einem Bauernhof in den Vierzigerjahren, bis zu einem Roman, bei dem es um die Herstellung von schwerem Wasser durch die Deutschen in der Telemark und deren Sabotage ging. Ich lese alles, was er mir gibt, und wähle nicht aus, denn ich möchte eine Ahnung davon bekommen, wie das Leben hier zur damaligen Zeit funktioniert haben könnte.

Ich besuche Rune in der Bibliothek in Svolvær inzwischen regelmäßig. Wenn ich meine Einkäufe erledigt habe, schaue ich dann auch beim Blumenmann auf dem Marktplatz vorbei, um die frischen Weihnachtssterne und Rosen zu bestaunen, die er anbietet. Der Anblick ist für mich jedes Mal ein Wunder an Farben und Üppigkeit, von der ich mir gar nicht mehr vorstellen kann, dass es in anderen Gegenden im Freien stattfindet und nicht im beheizten Glashaus mit künstlicher Beleuchtung. Er begrüßt mich freundlich schon von weitem, bietet mir einen Tee aus seiner Thermoskanne an, die er mit seinen fingerfreien Handschuhen mühsam aufschraubt und die dampfende Flüssigkeit in einen Plastikbecher füllt, von denen er immer ein paar auf Vorrat für seine Lieblingsgäste, wie er sagt, in der Ecke des Ladentisches gestapelt hat. Ich habe ihn kennen gelernt auf dem Weg zu einem Gehöft, das ich mir genauer ansehen wollte. Ich war unterwegs auf der Suche nach einer der Unterkünfte von Vater, wo er, seinen Notizen zufolge, mehr als ein Jahr gewohnt hatte. Auf dem Weg zu dem Gehöft, das ich schon von weitem sehen konnte, blieb ich an einem kleinen Verschlag stehen, der direkt neben der Schotterstraße lag. Im Morast dahinter standen, kaum kenntlich, zwei Schweine, mit drahtigen Borsten, bis zu den Ohren schmutzverkrustet und sehr zutraulich. Der ältere kleine Mann, der gerade aus dem Eingang zu einem Glashaus hinter dem Verschlag kam, stellte sich mir als Blumenhändler vor. Wir sind damals lange vor seinem Haus gestanden und haben uns über die Urschweine, wie er sie nannte, und die Gegend unterhalten, die Sage vom Berg Vågakallan, der den Landstrich überragt, und über seinen Traum, sich in Sizilien einen Weinberg und ein kleines Anwesen zu kaufen, wenn er genug Geld gespart hätte und wenn sein Sohn, der gerade eine Ausbildung als Gärtner absolvierte, den Betrieb übernehmen würde. Als wir uns verabschiedeten, hatte er mir gesagt, ich würde ihn drei Tage in der Woche auf dem Marktplatz in Svolvær antreffen.

Ich stehe gerne mit einem Becher Tee in der Hand am Eingang seines mit einer Plane überdeckten Standes und sehe den Menschen auf dem Marktplatz zu, die in die umliegenden Geschäfte verschwinden oder an der Bushaltestelle stehen oder sich mühen, die Einkaufstaschen in ihre geparkten Autos zu laden. Die Szene ist in ein Zwielicht getaucht, die Dämmerung vermischt sich mit dem Schneetreiben und dem blassen Licht der Straßenlaternen und Weihnachtsbeleuchtung zu einem Schleier, der alles künstlich erscheinen lässt, wie arrangiert für einen Märchenfilm auf einer Großleinwand, den ich sehe und vor dessen Ende ich mich fürchte, weil ich mich dann wieder mit mir selbst beschäftigen muss, wenn auf dem Bildschirm die Worte »The End« mich ratlos und verloren in einer Welt zurücklassen, wie früher als Kind, das dann eine Weile benötigte, um wieder sich selbst und die Umwelt wahrzunehmen und den Nebel, der es wie Watte umgab, zu vertreiben.

Nordische Schneelandschaften waren mir in der Fantasie schon als Kind ein ersehnter Zufluchtsort gewesen. Angefangen hat meine Geschichte mit dem Norden, als ich zum ersten Mal die Papiere meiner Eltern durchblätterte und auf Fotografien von Vater aus dem Krieg stieß. Es war an einem Nachmittag, ich war ein Mädchen im Schulalter und für ein paar Stunden alleine zu Hause gelassen und hatte, von Neugierde getrieben, den Schlüssel aus der Vase im Esszimmer geholt, mit dem ich das Fach neben der Glasvitrine öffnen konnte, von dem ich wusste, dass es allerlei Geheimnisse beinhaltete. Ich hielt den Stapel kleinformatiger vergilbter Bilder in Händen, auf denen ich unendlich erscheinende schneebedeckte Landschaften, Pferdekarren mit Soldaten daneben und Hundeschlitten erkennen konnte, Holzhüttendörfer am Meer gelegen und ein Rudel Rentiere neben verkrümmten, kleinwüchsigen Birken weidend. Es überkam mich damals eine Traurigkeit, weil es irgendwo, weit weg, ein Leben für meinen Vater gegeben hatte, das ich nicht kannte und das er auch nicht mit mir, meinem Bruder und der Mutter hatte teilen wollen. Später, als ich schon längst nicht mehr zu Hause wohnte, hatte ich Mutter einmal gefragt, wie viel sie denn eigentlich von Vaters Kriegsvergangenheit wisse und ob er ihr etwas erzählt hätte, was wir Kinder nicht zu Ohren bekommen hatten. Was genau er die ganze Zeit in Norwegen getan hatte, wusste sie nicht, darüber habe er auch mit ihr nicht geredet. Sie habe zuletzt den Eindruck bekommen, sie wisse über die Landschaft und über das Nordlicht besser Bescheid als über die Menschen dort und wie er mit ihnen zurechtgekommen sei. Die alten Fotografien und noch eine Mappe voll anderer Bilder sind Jahre danach zufällig am Boden einer Holzschatulle aufgetaucht, in der ich verschiedene Kleinodien aus meinem Elternhaus mitgenommen hatte, gemeinsam mit vier in Leder eingebundenen Büchlein, deren Seiten von

Vater mit seiner unleserlichen Schnörkelschrift gefüllt worden waren. Dazwischen eingestreut befanden sich kleine Skizzen, mit Bleistift gezeichnet, auf denen man Pläne von Hafenanlagen, Gehöften und Landschaften erkennen konnte. Diese Gegend der Welt blieb für mich so lange ein Geheimnis, bis ich eines Tages mit sechzehn aufbrach, um zunächst einen Sommer in Norwegen zu verbringen und die Sprache zu lernen. Später hatte ich hier in den Semesterferien gearbeitet, um mit Aushilfsjobs im Spitallabor das Geld für meinen Unterhalt während des Studiums zu verdienen.

Angeregt durch Vaters Tagebucheinträge, versuche ich mir vorzustellen, wie er hier gelebt haben könnte. Seine knappen Berichte verstricken sich in meinem Kopf mit dem Gelesenen aus anderen Büchern über diese Zeit, Berichte von Kriegsteilnehmern, die entweder auf norwegischer oder auf deutscher Seite standen. Vaters Einträge wirken oft unpersönlich auf mich, wenn er den Ablauf seines Militäralltags in kurzen Sätzen wiedergibt oder Arbeiten beim Aufbau einer Barackenanlage, den Dienst an der Gulaschkanone in der Feldküche, die Arbeiten an verschiedenen Baustellen der Befestigungsanlagen entlang der Küste beschreibt. Er schildert die Wanderungen über das Fjell mit Langlaufskiern, gemeinsam mit einigen anderen Soldaten, in Aufklärungsmission, er erzählt von Joseph, seinem Freund, den er immer wieder mit seinen Haflingern erwähnt. Eine Passage widmet Vater einem Kameraden, der ständig über das Sterben redet und darüber, wie es sei, von einem Russen die Kehle durchgeschnitten zu bekommen, und dass dieser Mann genau so starb, wie er es immer befürchtet hatte, als er als Letzter auf der Flucht vor seinen Verfolgern auf einer Brücke laufend vom Feind eingeholt wurde.

Lofoten, 27. Dezember 2003

Ich kann die Enge im Haus nicht mehr ertragen. Alles erscheint mir schmuddelig und schal, und meine eigene Stimme geht mir auf die Nerven, wenn ich sie bei meinen Selbstgesprächen höre. Gestern Nacht um drei Uhr bin ich zum Meer hinuntergegangen und habe laut gerufen, meinen Namen zuerst, dann immer wieder Hallo, und zuletzt habe ich so laut gegen den Sturm und die Brandung angebrüllt, bis ich endlich weinen konnte, mich auf einen glitschignassen Felsen setzte und meinen Kopf in den Handflächen verbarg. Zuerst rieb ich die Haut meines Gesichts, das nass war vom Schneeregen und den Tränen, dann begann ich mit dem Handrücken behutsam an den Wangen entlangzustreichen, wie es meine Mutter manchmal getan hatte, wenn sie mich trösten wollte. Ich fühlte mich traurig und erleichtert, und die Spannung der Stunden davor ließ nach. Müde ging ich zum Haus zurück und fand, es war Zeit, wieder mehr unter Menschen zu gehen und einen anderen Hallraum zu suchen als den meiner eigenen Gegenwart.

Die Katze, die mir zugelaufen ist, wird ein paar Tage lang ohne mich zurechtkommen, ich werde Rune und seine Frau bitten, sie zu füttern. Andere Verpflichtungen habe ich nicht. Das Tier mit dem schwarzen büscheligen Fell ist eines Tages aufgetaucht, als ich auf der Bank vor dem Haus saß. Die Katze nahm gegenüber auf einem Holzstapel Platz, ohne mich sonderlich zu begrüßen. Sie sah mich auf eine Art an, wie ich sie von Katzen nicht gewohnt war, fixierte mich, verfolgte meine Bewegungen, aber der Blick ihrer weit geöffneten Augen blieb nicht auf mir haften, er drang durch mich hindurch. Es war, als ob sie irgendetwas sehen konnte, was hinter mir, außerhalb von mir lag, aber doch zu mir zu gehören schien. Seither lege ich ihr regelmäßig Futter vor das Haus, und sie kommt jeden Tag. Es tut mir gut, mich um sie zu kümmern. Mein eigenes Essen ist mir inzwischen unwichtiger als das der Katze.

Ich habe mich dabei ertappt, langsam etwas zu verwahrlosen, habe wenig gegessen und Zahnfleischbluten bekommen. Plötzlich beim Ausspucken nach dem Zähneputzen sah ich einen rötlich gefärbten schaumigen Brei im Abfluss des Waschbeckens verschwinden, und ich habe den Eindruck bekommen, meine Zähne hätten sich gelockert, ohne es durch einen prüfenden Griff an die Schneidezähne bestätigen zu können. Ich habe keine Muße mehr, mir etwas zu kochen, es langweilt mich, mit den wenigen Lebensmitteln, die mir zu Verfügung stehen, mir neue Variationen des immer Gleichen auszudenken. Der Vollkornreis, die Hirse und die Gerste, der Mais, der Thunfisch aus Dosen, die Trockenerbsen und Bohnen, die Kürbis- und Sonnenblumenkerne mag ich nicht mehr sehen. Ich will etwas zu mir nehmen, das jemand anderer gekocht hat, ich will mit anderen am Tisch sitzen und nicht stumm vor mich hin essen, wie ich es in den letzten Wochen getan habe. Selbst das stundenlange Lesen, das mich vorher mit Befriedigung erfüllt hat, will nicht mehr funktionieren, es macht mich zappelig, und ich versuche die Unzufriedenheit zu vertreiben, springe öfter vom Sofa auf, laufe im Haus herum, fange an, in meinen Habseligkeiten zu kramen, sie neu zu ordnen, oder die Vorräte zu überprüfen, was bei der geringen Menge bald erledigt ist.

Es ist Zeit, ein paar Tage von hier wegzufahren. Ich werde mit der Hurtigruten nach Kjirkenes an der russischen Grenze fahren und wieder zurück, bevor meine Kreise immer enger werden. Ich werde die Dunkelheit nicht verlassen müssen, sondern noch weiter eintauchen in die Polarnacht. Wenn ich eine einzige Stunde südlich des Polarkreises die schmeichelnde Wärme von Sonnenstrahlen in mich aufnehmen würde, wäre es mir nicht mehr möglich, in den Norden zurückzukehren, um hier auf die Rückkunft der Sonne zu warten. Ich will den Versuch, im Dunklen zu überwintern, nicht abbrechen, denn ich kann mir im Moment nicht vorstellen, dorthin zurückzukehren, von wo ich geflohen bin. Ich habe Abstand, Klarheit und Kälte gesucht und gefunden, und ich will nicht zurück in den Trubel von vorher. Ich glaube inzwischen nicht mehr daran, an einer Schizophrenie zu erkranken. Meine Angst davor verringert sich langsam, und auch ohne Medikamente sind die Schatten und Sinnestäuschungen nicht mehr zurückgekehrt. Die Natur, die mich umgibt, hält mich im Moment im Alltag, und mir wird immer deutlicher, je mehr Zeit seit meiner Abreise vergangen ist, dass ich mich in den letzten Jahren bis zur Erschöpfung verausgabt habe. Ich war nicht mehr in der Lage gewesen, meinen Hunger, mein Bedürfnis nach Schlaf, auch meine Traurigkeit wahrzunehmen, bevor ich endlich im Stande gewesen war, die Kündigung auf die Post zu tragen.

Was mir vor ein paar Wochen noch unmöglich erschien, erfüllt mich auf einmal mit Freude. Ich rufe bei der Ticketzentrale der Hurtigruten an und reserviere eine Kabine für die mehrtägige Reise, inklusive einer Reservation für das Dinner an den Abenden. Es muss das neueste Schiff sein, mit geheiztem Außenbecken zuoberst an Deck, weil ich vom dampfenden Wasser aus die Schneeflocken tanzen sehen und durch die Nebelschwaden hindurch die Lichter am Festland glitzernd entlangziehen lassen möchte.

Ich denke an die Situation auf der Brücke damals, als ich vorhatte, mich in die Tiefe zu stürzen. Auf einmal hatte ich Vaters Bild vor Augen, wie er mir zuwinkt, zum Abschied vom Fenster aus, vor vielen Jahren bei meinem letzten Besuch, bevor er starb. Er war weich gewesen in seinen Gesten, die Spannung seiner Haut an der bereits faltigen Wange war beim Abschiedskuss gewichen, und er hatte mehr erzählt als bei anderen Gelegenheiten, als wir gemeinsam im Gastgarten unter den Kastanienbäumen zu Abend aßen. Ein paar herbstbraune Blätter und stachelige grünigelige Früchte lagen an diesem warmen Septembertag bereits über den Kiesboden verteilt, und er versuchte, mir die Schönheit der Lofoten zu beschreiben, über die er in den Jahren zuvor kaum geredet hatte. Zum Abschied hatte er mir noch nachgerufen, ich solle auf mich aufpassen.

Ich habe mich nicht von der Brücke gestürzt. Ich habe damals meine Medikamente geschluckt, die doppelte Dosis, und anschließend bin ich ins Bett gefallen, in der Lederkluft, und habe alle Decken, die ich finden konnte, über mich gehäuft. Vielleicht ist damals ein Teil von mir gestorben, als ich bereits auf der Mauer der Brückenbrüstung saß, zum Sprung bereit, das Rauschen des Wassers ganz weit unter mir, neunzig Meter sollte der Abstand betragen, laut Baubeschreibung, die ich schon im Jahr davor auf einer Messingtafel gelesen hatte. Neunzig Meter wären genug. Lange bin ich da gesessen, entfremdet von allem, und wusste, dass ich nur loslassen müsste, ein kleiner Ruck nach vorn, die Gesäßbacken hochheben und die Fersen an die Mauer drücken, die Hände abstützen und die Ellbogen durchstrecken. Die klare Luft war kühl, ich habe gespürt, wie die Eiseskälte von meinem Körper Besitz ergriff, zuerst an den Knöcheln, dann an den Handgelenken, am Rücken. »Pass auf dich auf.« Plötzlich begann ich den Satz, der sich langsam in meinem Kopf zu wiederholen begann, ohne dass ich es in meiner Erstarrung zunächst bemerkt hatte, auf meinen Lippen zu formen, »Pass auf dich auf«, und ich versuchte ihn nachzusprechen und hörte auf einmal verwundert meine leise Stimme. Mir war kalt, und ich habe mich leicht gefühlt, habe die Beine heraufgezogen und mich langsam auf die Seite gedreht, behutsam, und mir war bewusst, dass ich noch immer dem Drang zum freien Fall nachgeben könnte, aber wie eine Katze, die sich langsam unter dem Blick des angriffsbereiten Hundes zurückzieht, habe ich mich vor der Tiefe zurückgezogen, jede Bewegung angespannt kontrolliert, mit äußerster Konzentration, damit ich hinter die Brüstungsmauer zurückfallen würde und mich auf dem Belag der Brücke abrollen könnte und möglichst mit dem Gesicht nach oben liegen blieb.

Ich habe lange hinauf zum schwarzen Himmel über mir geblickt, zu den Sternen, weit entfernt, so entfernt, wie ich mich damals von mir selbst gefühlt habe. Ich kann mich nicht erinnern, wie ich es geschafft habe, den langen Weg wieder nach Hause zu kommen, sehe aber noch genau die Katze, die mit mir ins Haus geschlüpft ist, und, ohne wie üblich nach Milch zu miauen, mit einem entschlossenen Satz den Platz auf dem Sessel vor dem Ofen eingenommen hat. Dann das schwere Aufwachen am anderen Tag und die langen Stunden in dösendem Zustand, nachdem ich mich endlich aus den Kleidern geschält und ein Bad genommen hatte. Das ganze Wochenende habe ich im Bett verbracht, mir manchmal eine Kleinigkeit zu essen und zu trinken geholt, um wieder weiterzuschlafen, weiterzuträumen, weiterzuspinnen an den Gedankenfäden, die mir den Kopf verklebten, bis ich endlich ruhig wurde und mich entschloss, nach Norwegen zu gehen. Dort würde ich keine Arbeit annehmen, sondern mich nach einer Hütte am Meer umsehen, wo ich mich eine Zeit zurückziehen könnte.

Graz, 24. Oktober 1990

Sie sah ihn oft im Foyer der Universitätsbibliothek sitzen, wenn sie, ausgekühlt von einer Stunde konzentrierten Lernens, durch die Glastüre in den verrauchten Raum trat. Am Abend war er meist mit den gleichen Gesichtern besetzt, sobald die Adabeis, Flirttanten und Alibistudenten sich nach Hause, ins nächste Café oder Gasthaus verzogen hatten. Dann kehrte vor Sperrstunde in der ehrwürdigen Institution auf einmal eine Ruhe ein, in der die Zeit langsamer zu verstreichen schien. Manchmal plauderten sie miteinander, oder er fragte sie, ob er ihr einen Kaffee vom Automaten holen könne oder ob sie Lust habe, mit ihm kurz hinaus an die frische Luft zu gehen, worauf sie gerne einwilligte. Er war mit seinem Alter eine Ausnahmeerscheinung unter den Benutzern des Lesesaales, hauptsächlich Mitt- bis Endzwanziger fanden sich hier ein, abgesehen von ein paar Pensionisten, die ihren späten Wissensdurst zu stillen schienen. Sie war mit ihm mehrmals hinüber zum Tennisplatz gegangen, hatte den Spielern zugesehen, oder sie hatten sich gemeinsam auf die Stufen des Hauptgebäudes der Universität in die Sonne gesetzt und zaghaft in Andeutungen erzählt, was sie gerade taten oder vorhatten, woher sie kamen und wohin sie in der nächsten Zeit wollten, was sie schön fanden und was nicht. Sie hatten über Jazzkonzerte geredet und diskutierten hitzig über die letzten Wahlen, es gab einiges an gemeinsamen Interessen. Wenn er von seinen früheren Unternehmungen erzählte, wurde sie neugierig und fand es spannend, etwas über seinen Aufenthalt in Neuseeland zu erfahren, wo er auf einer weitläufigen Farm ein paar Jahre beim Aufbau einer Schafzucht geholfen hatte und zeitweise gutes Geld damit verdiente. Wenn er von der Kaninchenplage erzählte und vom Spaß, den er und seine Kollegen dabei hatten, nachts die im Scheinwerferlicht flüchtenden Tiere von der Ladefläche des Geländeautos aus zu erschießen, befiel sie ein leises Entsetzen, was er sofort bemerkte und hinzufügte, dass er an solchen Bubenstreichen heute keinen Gefallen mehr finden würde, aber vielleicht habe er solche Abenteuer gebraucht, um sich als Mann zu fühlen, vor mehr als zwanzig Jahren. An manchen Tagen kamen ihr die Begegnungen mit ihm ungelegen, weil sie sich, wenn sie mit ihm gesprochen hatte, kaum noch konzentrieren konnte. Dann ging sie im Foyer an ihm vorbei, mit einem stillen freundlichen Gruß auf den Lippen, um sich ungestört die Beine zu vertreten, wenn sie die Zeit mit sich und dem Lernen verbringen wollte, was er, ohne sichtbar nachtragend zu sein, akzeptierte. Sie aß nicht viel, wenn sie sich auf eine Prüfung vorbereitete, und es war ihr meist entsetzlich kalt, vor allem im Winter im großen alten Saal der

Bibliothek. Es zog dort immer ein wenig, doch die grün beschirmten Glaslampen auf den Schreibtischen gaben ihr ein Gefühl von Geborgenheit. Sie hatte es sich angewöhnt hierherzukommen, denn in ihrer Wohnung war es im Winter noch viel kälter. In diesem Jahr hatte sie es unterlassen, genügend Holz für den Kachelofen einzukaufen, ein altes wuchtiges pistaziengrünes Ding. Es war ihr zu umständlich, die Asche aus dem Ofen zu kratzen. Beim ersten Einheizen, wenn der Kamin noch kalt war, drückte der Rauch weißgelblich ins Zimmer und durchzog alles mit einem beißenden Geruch, der über Tage nicht aus der Bettwäsche oder den Kleidern zu bekommen war. Sie war mehrmals bei aufgerissenem Fenster, frierend, mit umgehängtem Mantel im Durchzug gestanden, Tränen der Wut und Erschöpfung in den Augen, nach einem durchlernten Tag. Zuletzt hatte sie beschlossen, das grüne Ungeheuer, das kalt und lauernd in der Ecke hockte, nie wieder anzurühren. Der Ofen war einer der Gründe, warum sie sich in den Lesesaal verzogen hatte, ein anderer war der Wunsch, in einem halben Jahr endlich mit den Prüfungen fertig zu sein. Sie hatte lange genug studiert und war zu dem Schluss gekommen, sie würde aus den Büchern nicht lernen, was sie sich zu Anfang des Studiums zu lernen erhofft hatte. Sie wollte als Ärztin arbeiten und nicht mehr Stunden um Stunden allein hinter dem Schreibtisch verbringen. Wenn sie über ihren Büchern saß, verließ sie oft zwei Tage lang nicht mehr das Haus, das sie, seit die alte Dame im oberen Stock gestorben war, alleine bewohnte. Sie ging nicht mehr auf die Straße, wenn sie sich vorgenommen hatte, erst wieder einzukaufen, nachdem sie ein längeres Kapitel aus dem Buch über Innere Medizin abgeschlossen hatte. Sie liebte diese spartanischen Zustände, wenn sie sich wie eine Süchtige an die Entbehrungen zu klammern anfing. Zuerst war es die Milch, die zu Ende ging, dann die Butter und zuletzt das Brot, das ihr dann beim Frühstück fehlte. Wenn sie weiter zu Hause blieb und alle Vorräte aufbrauchte, musste sie nach ungefähr zehn Tagen wieder in die Welt hinaustreten. Statt den Einkauf an der nächsten Ecke zu erledigen, fuhr sie mit dem Fahrrad in die Altstadt, trank einen Kaffee im Hotel Erzherzog Johann und las sich durch alle Zeitungen, die sie dort finden konnte. Dazwischen ging sie kurz zum Kiosk auf den Hauptplatz, gleich um die Ecke, um sich noch ein Wochenmagazin zu besorgen, dessen Lektüre ihr dann den restlichen Vormittag kostete. Sie beschloss, die Stunden einfach in der Stadt zu vertrödeln, vielleicht eine fehlende Glühbirne zu erstehen, über den Kaiser-Franz-Josefs-Markt zu schlendern und auf den Schlossberg zu spazieren, um von oben auf die Stadt hinunterzuschauen und das Dach des Hauses zu suchen, wo sie die letzten Tage, in ihre Bücher vergraben, verbracht hatte. Als es anfing Nachmittag zu werden, befiel sie eine Leere, die ihr unerträglich schien. Diese Zeit hasste sie am meisten, wenn der Tagesbeginn schon, mit mehr oder weniger erfolgreichen Aktivitäten gefüllt, verstrichen war und sie sich, wenn sie hinüberblickte zum Ziffernblatt des Uhrturms und die Zeiger sich auf zwei Uhr näherten, das erste Mal klar darüber wurde, dass es schon später war, als erwartet. Zwei Uhr war für sie von jeher die Stunde ihres Todes. Sie kannte sie, mit einer Bestimmtheit, die sie manchmal schreckte, ohne die geringste Ahnung, woher diese Vorstellung kam. Dann beschloss sie im plötzlichen Ekel vor ihrer Wohnung, ihre Bücher zu holen und sich den verbleibenden Tag in die Universitätsbibliothek zu setzen, um dort bis zum Abend auszuharren und zu sehen, ob sie die versäumte Zeit nachholen könnte, um wenigstens das Kapitel über das Herz zu repetieren, das sie zwar interessant, aber teils auch unverständlich fand.

Nach all der Zeit des zurückgezogenen Lernens war es ihr recht, wenn er sich um sie bemühte, und je länger er es tat, desto intensiver begann sie sich in Gedanken mit ihm zu beschäftigen, auch wenn sie nicht im Lesesaal war. Sie schaute sich selbst dabei zu, wie sie wieder fröhlicher wurde. Seine blonden schulterlangen Haare fand sie hübsch, obwohl der betonten Nachlässigkeit, mit der er sie trug, ein leichter Beigeschmack von selbstverliebter Eitelkeit innewohnte, was sie sich nicht recht eingestehen mochte. Sie ertappte sich dabei, wie sie bereits beim Betreten des Saales nach seinem Kopf Ausschau zu halten begonnen hatte. Anfangs beunruhigte sie das ein wenig, weil sie wusste, eine neue Verliebtheit könnte sie davon abbringen, den nächstmöglichen Prüfungstermin einzuhalten, aber sie war auch über sich selbst amüsiert, wenn sie am Morgen überlegte, was sie anziehen sollte, um nicht immer in ihren alten weiten schwarzen Hosen, dem schwarzen Rollkragenpullover und den ausgelatschten Reitstiefeln aufzutauchen. Sie sah darin streng und unnahbar aus, was ihr im Moment nicht gelegen kam, denn sie zweifelte ohnehin an ihrer weiblichen Ausstrahlung. Er hatte Meteorologie und Glaziologie studiert, und im Moment saß er über einem Projektentwurf für ein Forschungsstipendium in Kanada. Seine Art des Erzählens gefiel ihr, und sie war fasziniert von den vielfältigen Dingen, mit denen er sich beschäftigte, die Wettbewerbe in klassischem Gesellschaftstanz, die er der Reihe nach mit seiner Partnerin zu gewinnen schien, oder die Forschungsreisen, auf denen er seinen Professor zur Vermessung von Gletschern in alle möglichen Weltgegenden begleitet hatte. Sein Auftreten hatte etwas leicht Schwebendes, wenn er die Treppen herauflief und verschmitzt lachend geradewegs auf sie zusteuerte, während sie, mit einem Plastikbecher heißem Kakao vom Getränkeautomaten in der Hand, an die Wand gelehnt im Raucherraum stand und ihm durch die Glastüre entgegensah. Die Unterhaltungen mit ihm taten ihr gut, lenkten sie ab von ihrem Trott, und sie zerbrach sich bereits den Kopf darüber, ob seine Tanzgefährtin, von der er sehr vertraut sprach, auch seine Lebenspartnerin war, und als sie sich bei diesem Gedanken ertappte, wusste sie, er interessierte sie mehr, als sie sich noch vor zwei Wochen beim ersten Gespräch im Foyer eingestanden hatte.

Lofoten, 20. Januar 2004

Als ich den von warmem Licht durchfluteten Raum des Cafés im Hafen von Svolvær betrete, bin ich mir zunächst nicht sicher, ob ich meine Aufmerksamkeit der grau und blau dominierten Aussicht auf die Wasserfront zuwenden oder ob ich meinen suchenden Blick über die Menschen schweifen lassen soll, die sich angeregt in Unterhaltungen vertieft an den Tischen verteilen. Die Dunkelzeit habe ich überstanden, die Sonne ist seit fast zwei Wochen wieder zu sehen, und es war ein tief wärmendes Gefühl, als sie plötzlich wieder aus dem Meer stieg und ich wie hypnotisiert ins Licht blinzelte, erfüllt von innerer Zufriedenheit und Ruhe. Die letzten Tage der Finsternis waren zäh dahingeflossen, obwohl sich bereits ein orangevioletter Streifen am östlichen Horizont bemerkbar gemacht hatte, der täglich breiter wurde und den ich sehnsüchtig mit dem Fernglas beobachtete, wie er Tag für Tag an Helligkeit zunahm. Ich überlegte mir immer von neuem, von welchem Standort an der Küste aus ich die ersten Strahlen begrüßen sollte, sosehr sehnte ich die Sonne herbei. Im Lokalblatt waren die Zeiten aufgelistet, wann sie an verschiedenen Orten auf der Insel erstmals wieder zu sehen sein würde. Ich war froh, nicht weiter im Norden Quartier bezogen zu haben, dort würde die Dunkelzeit einige Wochen länger dauern. Ich habe mich bereits eine Stunde vor der angekündigten Zeit auf den Weg zur Spitze des kleinen Berges der Insel gemacht, um mich dort einzurichten und in aller Ruhe dem Schauspiel zusehen zu können. Zurückgelehnt in einem selbst fabrizierten Hocker aus Schnee, wartete ich, bis das erste Orange langsam am Horizont aufzutauchen begann. Die Bergspitzen hinter Svolvær waren bereits in Sonnenlicht getaucht, und beim Blick dorthin fühlte ich ein Verlangen, die lange entbehrte Wärme auf meinem Körper zu fühlen, obwohl ich wusste, dass es eine kalte Sonne war, die in diesen ersten Tagen scheinen würde. Vor Aufregung war ich aufgesprungen, um mich ihr entgegenzustrecken, und dann war sie endlich wieder da, die Sonne, ein leuchtender Ball, der sich langsam mit seinen vorsichtig tastenden Strahlen über die dunkle Wasserfläche hob und die Landschaft mit zarten Farben überzog, die ich in mich aufnahm, als würde ich sie das erste Mal wirklich wahrnehmen. Ein Schwarm Möwen hatte in der Bucht zu kreisen begonnen, und ein Seeadler, der über einer kleinen Felseninsel schwebte, stieß mit einem ansatzlosen Sturzflug auf die ruhigen glitzernden Wellen hinab, um kurz die Wasseroberfläche zu berühren und mit einem Fisch in den Krallen hinüber zu den Felsen des Vågakallan zu gleiten.

Den Rhythmus, den ich seit meinem Einzug im Haus auf der Insel eingehalten habe, möchte ich beibehalten. Er war in der Dunkelzeit eine wichtige Stütze, um einen sinnvollen Tagesablauf zustande zu bringen, nachdem alles andere mit dem Schwinden des Lichtes zu verschwimmen drohte und ich von meiner Angst, von Sinnestäuschungen eingeholt zu werden, umsponnen war. Es war nicht vollständig dunkel geworden während dieser vier Wochen zwischen dem sechsten Dezember und dem siebenten Januar, so wie ich es ursprünglich erwartet hatte. Die täglichen Wanderungen haben mir gutgetan, und ich habe zur Mittagszeit die Dämmerung zu schätzen gewusst, die es mir erlaubte, kleine Beobachtungen zu machen, auf die ich mich konzentrieren konnte und die mich etwas von meinem Trott abzulenken im Stande waren. Ich habe im schwachen Licht die Natur wieder auf eine Art sehen gelernt, die mir in den letzten Jahren in der Stadt abhanden gekommen war.

Mein Zustand ist stabil geblieben, ich fühle mich sicherer als zu Beginn meines Aufenthaltes. Mein Verstand scheint über diese Zeit nicht gelitten zu haben und meine Fähigkeit zu analysieren auch nicht. Die Polaroidaufnahmen von mir im Wohnzimmer lassen nichts erkennen, außer dass meine Wangen eingefallener sind und der Blick auf eine Art nach innen gerichtet ist, beim ernsten Starren ins Objektiv. Zwei Tage nach Sonnenrückkehr habe ich sie von der Wand genommen, sie auf der Rückseite nummeriert und versucht, sie in einer

Reihenfolge zu ordnen, die mir aufgrund der kleinen Veränderungen des Gesichtsausdruckes logisch erschien, um dann zu überprüfen, ob es vielleicht eine Art Entwicklung zu entdecken gäbe. Ich habe nichts gefunden, was mich beunruhigt hätte, die Reihenfolge schien die gleiche zu bleiben, bis auf zwei Positionsvertauschungen zum Schluss. Ich mischte alle Bilder zusammen wie in einem Kartenspiel und fing laut und erleichtert über mich selbst zu lachen an.

Jetzt bin ich hier in diesem menschengefüllten Raum, warte auf eine Frau mit roten Haaren und hagerem Gesicht, zumindest habe ich sie so in Erinnerung, diese Frau, die sich mit dem Namen Giske Norman vorgestellt hatte, als ich sie, bei einem der längeren Streifzüge übers Land, vor Beginn der Dunkelzeit, auf der Suche nach Häusern, die Vaters Tagebuchskizzen entsprechen könnten, traf. Sie erinnerte mich damals mit ihrer Kleidung und ihrem Aussehen an längst vergangene Zeiten. Vielleicht wurde mein Eindruck ausgelöst durch ihre Haartracht, die geflochtenen Zöpfe, am Scheitel zu einem Diadem gesteckt, oder dem dunkelblauen Baumwollrock, der ihr bis zu den Knöcheln reichte, dessen Saumende mit einer Handbreit Abstand eine rote, gelbe und schwarze Bordüre zierte. Plötzlich stand sie in der Einfahrt zu einem Gehöft, die Hände in die Hüften gestemmt, die Ärmel des weißen grob gewebten Leinenhemdes, das ihr über den Rock hing, aufgekrempelt, und unter den aufgesteckten Haaren streiften, zerzaust vom Wind, leicht gewellte

Strähnen über die Stirn. Sie sah aus, als sei sie gerade in eine Arbeit im Haus vertieft und, aufgescheucht vom lauten Bellen des Hundes, herausgekommen, um nachzusehen, wer sich hier herumtrieb. Das Gehöft stand auf einer kleinen Anhöhe, mitten in einer Wiese, umgeben von einer niedrigen alten moosbewachsenen Steinmauer, die an manchen Stellen in sich zusammengefallen war und die seit Jahren niemand mehr aufgerichtet hatte. Die Mauer war ein Überbleibsel aus der Entstehungszeit des Hofes, als die Bewohner die Steinbrocken aus der feuchten Wildmark zusammengetragen hatten, um Weideland zu gewinnen. Das Wohnhaus, das die Häusergruppe dominierte, war ein zweistöckiger, weiß bemalter Holzbau, dessen Giebel an der Vorderfront von einer Schnitzerei verziert war, die vom Wohlstand der Erbauer kündete. Sie hatten ihr Geld mit Handel und Fischerei verdient, wie sonst hätten sie es in dieser kargen Gegend zu mehr als einer kleinen ebenerdigen Hütte bringen können und einem winzigen Stall daneben, wie man sie verstreut in der Einöde an den unzugänglichsten Plätzen, eingepasst zwischen Felsbrocken oder mitten in einer inzwischen vom Sumpf zurückeroberten Wiese stehend, finden konnte.

Es musste, einem Lageplan aus Vaters Tagebuch zufolge, eine von den Strömungen und Wellen verschonte kleine Bucht unterhalb des Abhangs hinter dem Häuserhaufen geben, und ich erinnerte mich an die Geschichte von der kleinen Fischfabrik, die in der Gegend vor dem Krieg gebaut worden sein soll und die von den Deutschen beschlagnahmt worden war. Das hatte mir der pensionierte Lehrer im Kriegsmuseum in Svolvær erzählt, das ich eine Woche davor besucht hatte.

Als Giske mich fragte, ob sie mir helfen könne und ob ich etwas suche, war ich so überrascht durch ihr plötzliches ansatzloses Auf-mich-Zugehen, während der Hund schon wedelnd um meine Beine strich, dass ich zunächst gar nichts antworten konnte. Ihre ungewöhnlich tiefe Stimme hat mich verlegen gemacht, und ich habe mich ertappt gefühlt wie ein Dieb auf der Flucht, dabei hatte ich die unmittelbare Bannmeile ihres Besitzes, die hinter der Steinmauer zu liegen schien, noch keinen Fußbreit betreten. Am südlichen Himmel war ein goldgelbes Glühen an der Unterseite eines schweren schwarzvioletten Wolkenbandes zu sehen, es war früher Nachmittag, und ich war gebannt von der plötzlichen Untergangsstimmung, die in ihrer friedlichen Stille der ganzen Situation eine eigenartige Ruhe und Langsamkeit verlieh, so als würde die Zeit beginnen, sich mit dem Licht zu verlieren. Als sie meine Geistesabwesenheit bemerkte, drehte sie sich um und sagte, die Dramatik des Sonnenuntergangs würde in den letzten Tagen, bevor die Sonne für Wochen verschwinden würde, zunehmen, so als müsse das Leuchten einen tiefen wärmenden Eindruck in den Gesichtern der Menschen hinterlassen, damit ihnen die folgende Dunkelheit und die Kälte nicht so viel anhaben könnten. Ich stellte mich vor und erklärte, ich sei auf der

Suche nach Spuren meines Vaters, der in dieser Gegend eine Zeit lang während des letzten Krieges untergebracht gewesen war. Ohne mich noch weiter zu fragen, tat sie einen Schritt auf mich zu, um mich mit einer einladenden Geste ihrer Hand, die fast meinen Arm berührte, zu bitten, ihr zu folgen. Sie sagte, dass ich hier wohl richtig sei, denn der Hof sei von 1942 bis 1945 von den Deutschen beschlagnahmt gewesen. Schließlich habe ich den ganzen Nachmittag in ihrer Gesellschaft im Wohnzimmer des Hofes verbracht, beobachtet vom Hund, der still in der Ecke lag und mich nicht aus den Augen ließ. Als ich mich von ihr an der Einfahrt zur Hauptstraße verabschiedete, habe ich ihr, während ich den letzten Bus nach Svolvær bestieg, versichern müssen, mich wieder zu melden.

Jetzt sitze ich hier im Café mit den Panoramafenstern zum Hafen und warte, dass Giske das Lokal betritt. Draußen beginnt es zu schneien, und die Dämmerung ist noch dichter. Vor zwei Tagen habe ich sie angerufen, um sie zu fragen, ob sie Lust auf ein Treffen hätte. Sie schien sich zu freuen und machte mir einen Vorwurf, warum ich mich erst jetzt meldete, denn sie hätte in der Dunkelzeit oft an mich gedacht. Die meisten hier im Café sind vor einer Weile wieder gegangen, der Raum ist fast leer, vielleicht wollten sie zu den letzten Fähren aufbrechen, mussten nach Hause zum Abendessen; ich verstehe die Gründe für die schnell an- und abschwellenden Besucherzahlen hier nicht, es ist nicht so wie in den Grazer

Kaffeehäusern, wo die Leute entspannt sitzen bleiben und die Stunden lesend oder in Unterhaltungen vertieft verbringen. Während ich auf Giske warte, habe ich versucht, die letzten Seiten von Vaters Tagebuch nochmals zu lesen, Schilderungen über den Beginn des Rückzugs der deutschen Wehrmacht und der Organisation des Abtransportes von Mensch, Tier und Material. Die Passagen davor sind gefüllt mit Skizzen einer Bucht, in der eine Art Fabrikgebäude zu sehen ist, weiters Zeichnungen von einem Bauernhof mit mehreren angrenzenden kleinen Wirtschaftsgebäuden, das Haus erinnert an Giskes Gehöft. Ich habe ihr die Bilder bei unserem ersten Treffen gezeigt. Die am rechten unteren Seitenrand notierte Ortsbezeichnung ist verwischt, die geschwungenen Buchstaben unlesbar. Die hinteren zwanzig Blätter des letzten Tagebuches sind leer. Vielleicht hatte es noch andere Notizbücher gegeben, die man Vater im Gefangenenlager abgenommen hat. Vielleicht hat er sie auch auf dem Rückzug verloren.

Ich bin so beschäftigt mit der Lektüre und dem Schreiben, dass ich Giske erst wahrnehme, als sie mit suchendem Blick auf meinen Tisch zugeht. Sie hat ihren Hund dabei, Jon, von dem ich nicht sagen kann, welcher Rasse man ihn zuordnen könnte, mit seinem langen braunen Fell, dem grossen Kopf und der breiten Schnauze, die ihm ein zufriedenes Aussehen gibt. Er hat mich schon von weitem erkannt, steuert wedelnd auf mich zu, um mich zu begrüßen, er scheint in mir eine alte Bekannte entdeckt zu haben, so vertraulich schmiegt er sich an meine Knie. Giske sieht anders aus als bei unserem ersten Treffen, ihre Haare sind am Hinterkopf zu einem strengen Knoten gesteckt, den eine breite Spange zusammenhält. Sie sagt, sie käme gerade von der Arbeit, gleich hier nebenan. Im großen Gebäude hinter der Anlegestelle der Hurtigruten, das mir sicherlich schon aufgefallen sei, läge ihr Büro. Sie arbeite als Redakteurin bei der *Lofotposten,* der Lokalzeitung für die Inselgruppe. Das hatte sie mir bei unserem ersten Treffen nicht erzählt, und ich bin überrascht, weil ich sie in diesem Moment von einer ganz anderen Seite kennen lerne. Sie ist eher distanziert und etwas oberflächlich, mit ihrer kantigen schwarz umrahmten Brille auf der Nase, die sie streng aussehen lässt. Bei meinem ersten Besuch auf ihrem Hof war sie mir in ihrem altmodischen Aufzug weich erschienen, als sie mir Bilder aus früheren Zeiten zeigte, von Landarbeitern und Fischern, von den Großeltern beim Aufhängen der Dorsche zum Trocknen, von ihrer Mutter als jungem Mädchen in bestickter bodenlanger Tracht. Darunter fand sich auch eine Aufnahme, auf der sie als einjähriges Kind auf dem Schoß ihrer Mutter sitzt und in die Kamera schaut. Ich habe keine weiteren Kinderfotos von ihr gesehen, keine Bilder von ihrem Vater, und ich wollte sie zunächst nicht danach fragen, es schien, als wollte sie diesen Teil in ihrem Leben aussparen. Vielleicht kannte sie ihren Vater nicht, dachte ich, und es wäre peinlich, sie darauf anzusprechen. Ich erinnere mich an die lachenden Gesichter ihrer erwachsenen Kinder und das ihres Mannes. Alles Aufnahmen von Arbeiten rund um den Hof, im Stall bei den Schafen, auf einem kleinen Motorboot beim Angeln vor der Küste, beim Richtfest des neuen Stalles, und es schien, als wolle sie mir ihr Familienglück präsentieren. Die in ihrem Haus entstandene Vertrautheit zwischen uns scheint verschwunden, vielleicht hat sie den Eindruck, mir an jenem Nachmittag zu viel von sich erzählt zu haben. Sie bestellt einen Fischeintopf, Bakalau, nach einem portugiesischen Rezept für getrockneten Salzfisch, einer der haltbaren Fischvarianten, mit dessen Export man in den vergangenen Jahrhunderten den bescheidenen Wohlstand hier im Norden erwirtschaftet hatte. Sie sitzt mir gegenüber etwas aufrecht im Sessel und scheint verlegen zu sein, fragt mich, wie es mir in meinem Haus auf der Insel gefallen würde, so weit weg von den Menschen. Sie kenne das kleine Haus, ein zu einem Ferienhäuschen umgebautes altes Bauernhaus. Ermutigt durch ihr Nachfragen, erzähle ich ihr von meinen Durchhaltestrategien während der letzten Wochen und der Reise mit der Hurtigruten Richtung Norden und von der das Firmament überspannenden Nordlichtkorona, die ich dort zum ersten Mal gesehen habe. Ich erzähle in einer Begeisterung, die ich an mir selbst schon lange nicht mehr wahrgenommen habe.

Giske hört mir aufmerksam zu, und als ich eine kleine Pause einlege, steht sie auf und geht zur Theke hinüber, um sich noch ein Bier zu holen, nachdem sie das erste bereits in hastigen Schlucken geleert hatte. Sie wirkt jetzt gelöster als zu Beginn unseres Treffens und redet in einer Schnelligkeit und Eindringlichkeit, als berichtete sie nach langer Abwesenheit, was inzwischen alles vorgefallen war. Nach einer Pause erzählt sie von ihrer Arbeit in der Redaktion. Als ihr Mann sie verlassen hatte, war sie gezwungen gewesen, eine Ganztagsarbeit anzunehmen, der Hof war nicht vollständig renoviert, und sie brauchte das Geld. »Weißt du, er ist mit der Dunkelzeit nicht zurechtgekommen und nach Bergen zurückgegangen, wo er seine alte Stelle als Pressefotograf wieder antreten konnte.«

Giske kaut an ihrem Fisch, und ich sehe ihr beim Erzählen und Essen zu und bin froh, jetzt hier mit ihr sitzen zu können und einfach Zeit mit ihr zu verbringen. Sie erzählt von der Depression ihres Mannes, die im ersten Winter hier auftrat, als die Tage immer kürzer wurden und die Nächte immer länger. Sie sieht mir unvermittelt ins Gesicht und beobachtet mich, so als wollte sie an meiner Mimik ablesen, was sie mir an Persönlichem zumuten könnte, nimmt ein paar Bissen des inzwischen kalt gewordenen Eintopfes, bricht eine Scheibe Weißbrot entzwei und deutet auf den halb leeren Suppenteller, den sie vor sich stehen hat.

»Schmeckt gut, aber leider ist der Bakalau zu salzig. Es kommt immer darauf an, wer gerade kocht. Heute war es sicher nicht der junge portugiesische Koch, der oft hier arbeitet. Magst du probieren?« Sie streckt mir eine Gabel voll mit Fischstücken entgegen, und ich kann gar nicht anders als nicken und gehorsam den Bissen, über den Tisch gebeugt, entgegennehmen.

»Ich habe meinen Mann ziehen lassen, als er von der Möglichkeit erfuhr, wieder an seinem alten Arbeitsplatz bei der Zeitung anzufangen. Lange habe ich überlegt, ob ich mitgehen soll, aber ich konnte nicht. Ich habe den Hof von meiner Mutter geerbt, und ich werde hierbleiben, bis ich sterbe.«

Der Satz klingt etwas seltsam in meinen Ohren nach, als hätte ihn eine um viele Jahre ältere Frau ausgesprochen. Sie sieht nachdenklich auf ihren Teller und schweigt. Sie wiederholt den Satz nach einer Weile, und ihre Erzählung gerät ins Stocken. Ich werde unsicher, als sie zum dunklen Fenster starrt, und kann nicht erkennen, ob ihr Blick an der Spiegelung des Raumes und ihren eigenen Umrissen hängen bleibt oder ob er die Scheibe durchdringt und nach draußen auf die spärlich beleuchteten Konturen der Fischerboote gerichtet ist, auf die lautlos der Schnee fällt. Mir scheint, als gäbe es noch etwas Unaussprechliches hinter der zuerst so flüssig erzählten Geschichte ihrer Ehe und des Hofes.

Giske wirkt jetzt abwesend. Wir sitzen einander gegenüber in diesem Café, das früher einmal eine Lagerhalle gewesen war. Das schwache Licht, das die dumpfen Deckenleuchten von sich geben, lässt mich frösteln, einzig der verglaste Kaminofen, dessen Flammen sich im Fenster spiegeln, verbreitet einen wärmenden gelben Schein um sich. Ich beginne von den Tagebüchern meines Vaters zu erzählen, und nachdem sie eine Zeit nichts gesagt hat, frage ich Giske unsicher, ob ich noch zwei Gläser Bier an der Theke holen soll. Sie sieht mich nach kurzem Zögern zweifelnd an und meint, dass ich wohl noch die Fähre erreichen müsste, in einer halben Stunde fahre die letzte. Sie stochert in ihrem Teller herum und wartet meine Reaktion ab. Ich sage ihr, dass ich gar keine Lust hätte, auf die Insel zurückzukehren, sondern in Svolvær in einer Pension übernachten könnte. Giske lacht und packt mich am Unterarm.

»Du kommst heute zu mir mit auf den Hof. Ich bringe dich morgen Vormittag auf die Fähre, oder du kannst auch bis Montag bleiben, du bist ohnehin zu viel allein dort drüben im Fjord. Wie hältst du das überhaupt aus?«

Graz, 2. November 1990

Die Beleuchtung im Café an der Ecke des Patrizierhauses, gegenüber dem unansehnlich grauen Hochbau der Vorklinik, schien ihr an diesem Abend sehr hell. Er war noch nicht da, und sie überlegte kurz, ob es Sinn machen würde, eine Runde durch die Straßen zu gehen, weil sie nicht die Erste sein wollte, entschied sich dann aber, auf einen Tisch in der Ecke zuzusteuern und sich im Vorbeigehen eines der Kunstmagazine aus dem Zeitungsständer von der Wand zu nehmen. Keine Mätzchen und Spiele, Schluss damit, sie wollte einfach sie selbst sein, ob sie jetzt ein halbe Stunde auf ihn wartete oder nicht. Woher kam dieses dumme Zeug, war es die Erziehung ihrer Mutter, die sie zu solchen Überlegungen brachte, oder war es der feministische Einfluss ihrer früheren Studienkollegin, die jede Gelegenheit benutzt hatte, um den Männern zu zeigen, dass sie die Esel waren, die am Strick trotteten. Cora hatte nach jeder Beziehung, die ohnehin kurz war, eine dramatische Miene aufgesetzt und eine Woche lang krank im Bett gelegen und die mit ihr vereinbarten Lernnachmittage abgesagt. Sie wusste mit sich nichts anzufangen, wenn nicht ein Mann zur

Verfügung stand, der sie gerade umwarb. Ihr selbst war dieses Getue um Unabhängigkeit und Anziehung, um Rechthaberei und Kampf auf die Nerven gegangen, sie ertrug dieses Hin und Her immer weniger, bis sie verstand, dass es nichts mit dem normalen Umgang zweier gegengeschlechtlicher Menschen zu tun hatte. Es war eine Form von Selbstverliebtheit. Sie hatte den Verdacht, dass ihre Mutter im Umgang mit dem Vater vielleicht auch ein Spiel von Anziehung und Abstoßung, Bestrafung und Unterwerfung inszeniert hatte, eine Art Verteidigungsstrategie. Vielleicht hatte sie selbst bereits einige der Umgangsformen in Bezug auf das andere Geschlecht übernommen. Auch wenn ihr Vater in ihrer Erinnerung unnahbar gewesen war und ihre Mutter manchmal über ihn geklagt hatte, war er trotzdem ihr Vater, und sie hatte ihn immer geliebt. Sie hatte es ihm nie richtig zeigen können. Als kleines Mädchen hatte sie ihm einmal an seinem Geburtstag das Frühstück mit einem Sonntagstischtuch und einem Strauß Blumen geschmückt, wonach er mit einer ungeschickt schnippischen Bemerkung ihre Freude über die Überaschung sofort zunichtegemacht hatte. Sie war zur Mutter gelaufen und hatte geweint und nicht verstanden, warum er so kalt reagierte, und die Erklärungen der Mutter, er sei ein verschlossener und genügsamer Mensch, der sich selbst nichts gönnte und dem sein Geburtstag nichts bedeute, hatten sie nicht trösten können. Diese Begegnung jetzt mit einem um einige Jahre älteren Mann hatte sicher mehr mit der Sehnsucht nach ihrem Vater zu tun, als ihr lieb war.

Sie war in der Nachmittagspause, von Übermut gepackt, kurz zu seinem leeren Platz in der hintersten Reihe der Lesetische gegangen, froh darüber, ihn dort nicht vorzufinden, und hatte ihm eine knappe Notiz auf seine Unterlagen gelegt, zusammengefaltet, damit es die neugierige Sitznachbarin nicht lesen konnte. – Um neun im Café an der Ecke? A. – Sie hatten sich dort schon in der letzten Woche einmal getroffen, auf sein Betreiben hin, und sie hatte beschlossen, nicht auf seine Initiative zu warten, sondern auch eine Absage hinnehmen zu können. Der Himmel über der Stadt hatte an diesem frühen wolkenverhangenen Abend einen gelblich satten Schimmer in sich getragen, und als sie zum Fenster hinausblickte, sah sie dicke Schneeflocken ruhig auf die Straße sinken. Sie wusste, der Schnee würde höchstens eine Nacht lang liegen bleiben, und am nächsten Morgen würde die Stadt in einem nassen Matsch versinken, die Autos wären auf einmal unerträglich laut mit dem platschenden Fahrgeräusch der Reifen auf dem nassen Asphalt. Alles würde in einer bräunlichen Masse stekken bleiben, die nichts mit dem Weiß zu tun hatte, über das sie sich so sehr freuen konnte. Sie war wie magisch angezogen vom Tisch aufgestanden, legte die Zeitung, in der sie zu blättern begonnen hatte, auf die Seite und trat aus der doppelflügeligen Eingangstür auf den obersten Treppenabsatz, um nach oben zu sehen und den Kopf nach hinten zu legen, die Augen zu schließen und die Zunge herauszustrecken in der Hoffnung, eine Schneeflocke würde in der Wärme ihres Mundes schmelzen.

Mit einem Mal spürte sie eine solche Sehnsucht wegzugehen, dass sie alles hier hätte stehen und liegen lassen können, weg aus dieser Stadt, in der sie schon viel zu lange mit ihrem Studium die Zeit verbracht hatte. Sie wusste, sie würde hier in der Nähe ohnehin keine Stelle bekommen, hier hatte man lediglich dann die Möglichkeit anzufangen, wenn man Beziehungen hatte, und die hatte sie nicht, es war ihr nichts mehr zuwider, als sich irgendwo anzudienen, denn was anderes konnte sie nicht tun, ihre Eltern kannten niemand aus Mediziner- oder Politikerkreisen, sie gehörten keiner Partei an und führten auch keinen Adelstitel. Wie antiquiert dieses Österreich noch immer funktionierte, war ihr erst bewusst geworden, als sie begonnen hatte, sich nach Stellen umzusehen, die sie interessierten. Manchmal war sie auf ihre Bewerbungsschreiben nicht einmal mit einer ablehnenden Antwort bedacht worden, und zuletzt hatte ihr ein Professor in Innsbruck eine Stelle nach einem Vorstellungsgespräch in die Hand versprochen, aber als sie dann zum zweiten Mal anrief, um den genauen Arbeitsantritt zu besprechen, ließ er sich am Telefon nicht mehr erreichen, und sie erfuhr von der Sekretärin, dass die Stelle bereits an einen anderen Bewerber vergeben sei. Später hatte ihr dann ein Bekannter erzählt, dass ein Neffe des Professors ihr vorgezogen worden sei. Jetzt aber, mitten im Schneetreiben unter dem schweren gelben Himmel, verscheuchte sie ihre Gedanken, es war ihr wichtiger zu erfahren, wer dieser Mensch war, der ihr den Kopf zu verdrehen begonnen hatte, und sie musste ohnehin bis zum Sommer hierbleiben, bis sie ihre Doktorurkunde in Händen hielt. Nach einer Weile öffnete sie die Augen und blickte neben sich, weil sich etwas verändert hatte, und da stand er, mit zurückgelehntem Kopf, die Augen fest zusammengekniffen wie ein Kind, die Zunge herausgestreckt.

»Schmeckt gut, der erste Schnee, nicht?«

Sie legte ihre Hand vorsichtig auf seine Schulter, und drückte ihre kalte Nase an seine Wange.

»Schön, dass du da bist.«

Lofoten, 15. März 2004

Seit ein paar Tagen lässt mich der Gedanke nicht los, dass es Zeit ist, die Insel im Fjord zu verlassen. Ich bin mittlerweile zu einsam und muss immer erst die Fähre benützen, wenn ich mich unkompliziert unter Menschen mischen möchte. Die Abgeschiedenheit bedrückt mich, und ich habe von Rune, dem Bibliothekar, von einer Hütte in Svolvær, direkt am Meer über den Klippen gelegen, gehört, die an Touristen vermietet wird. Von weitem sieht die rote Hütte hübsch aus, ich könnte mir vorstellen, vielleicht einige Zeit hier zu verbringen. Der Besitzer begrüßt mich freundlich, und wir kommen an seiner Haustür recht schnell in ein Gespräch. Er ist überrascht, dass ich um diese Jahreszeit hier eine Hütte mieten will, denn sonst tauchten lediglich im Sommer Fremde auf, und im Herbst sei der Ansturm wieder vorbei. Er sagt, es sei die zweite Invasion der Deutschen nach sechzig Jahren, und verschmitzt fügt er bei, dass die Norweger diesmal darauf achten würden, nicht zu kurz zu kommen. In den abgelegensten Dörfern rieben sie sich die Hände, wenn sie das Geld in den Kassen ihrer Campingplätze zählten, und nahmen die Gehaltsaufbesserung dankbar entgegen, wenn die Hütte hinterm Stall wieder vermietet worden war, ohne Fließwasser und mit Toilette in einem Bretterverschlag, durch den an nassen Sturmtagen die Regentropfen dringen. Ich frage mich, woher diese Wanderlust einer ganzen Nation kommt und ob sie vielleicht dem verhinderten Welteroberungsdrang der Väter Folge leistet, instinktiv. Was haben ihnen diese Väter erzählt, zurück aus dem Krieg. Vielleicht träumten sie unter ihren weichen Federdaunen in den Fünfzigerjahren von den Feldbetten in den Barackenverschlägen, in denen sie in voller Uniform unter feuchten Wolldecken in fremden Ländern geschlafen hatten, mit dem Geruch der Wildnis in der Nase, ein kollektives, von oben verordnetes Abenteuer, das man unter Umständen mit dem Leben bezahlen musste. Was konnte sie noch wirklich interessieren, was schrekken, nachdem sie heimgekehrt waren in die zerbombten Städte, in denen es, als sie aufgebrochen waren, nach Menschen gerochen hatte, nach Küchendüften, Rasierwasser und Waschpulver, und als sie zurückkamen, lag der Geruch der Verwesung über allem.

Der Besitzer des roten Hauses ist ein klein gewachsener Mann von gedrungenem Köperbau. Seine Haare sind etwas angegraut und sehr kurz geschoren. Er stellt sich mit dem Namen Olsen vor und lädt mich ein, in seinem Wohnzimmer Platz zu nehmen, während er über die Touristen erzählt, die seinen Campingplatz in einer landschaftlich spektakulären, aber sonst nicht weiter wirtschaftlich nutzbaren Bucht bevölkern. Dort stören sie nicht groß das Inselleben, wie er meint, und sind dankbar für jeden kleinen Fisch, den sie aus dem klaren Wasser ziehen und um dessen Fang herum sie eine Räubergeschichte erfinden. Alles aus der Sehnsucht nach einer unberührten Landschaft, die es bei ihnen zu Hause nicht mehr gibt. Er brüht, während er weiterspricht, in seiner offenen Küche einen Kaffee und fragt mich, ob ich eine Kleinigkeit zu essen möchte. Er scheint mich eher seinen Landsleuten zugeordnet zu haben, weil ich norwegisch spreche, zumindest behandelt er mich nicht wie eine jener Fremden, über die er gerade herzieht. Er weiß nichts von meinem Vater und seiner Anwesenheit hier als Besatzungssoldat, und ich überlege kurz, ob ich ihm davon erzählen soll, finde jedoch keine Gelegenheit, denn er hat sich, als er mit einem Tablett voll süßer Backwaren in der Hand wieder auf den Tisch zukommt, bereits in einen Furor hineingesteigert, den ich nicht unterbrechen will, vielleicht würde er mir sonst auch nicht so freundlich begegnen und über seine Familie berichten, die aus der Finnmark vertrieben worden war, als die Deutschen auf dem Rückzug alles hinter sich in Brand steckten. Sie hätten nichts als verbrannte Erde den Russen zurückgelassen, alles verwüstet auf Kosten der Bewohner, die seit Generationen unter kalten und rauen Bedingungen verstanden hatten, ihre Familien zu ernähren, mit Fischfang und Jagd, ein wenig Viehzucht und spärlichem Anbau von Kartoffeln und Rüben, auf einem Boden, der auf den Felsen fast keine

Humusschicht trug. Er hat diese Geschichte schon öfter erzählt, ich meine es an der ausgesuchten Wortwahl zu erkennen, und im selben Atemzug berichtet er von dem Industriellen, der sein Wohnhaus und mehrere andere Häuser hier in der Nachbarschaft für eine Menge Geld gemietet hatte, um ungestört mit Freunden und deren Familien diesen Teil der Insel vor Svolvær einen Sommer lang für sich zu haben. Er hatte die Einwohner sozusagen für ein Jahresgehalt evakuieren lassen, und man munkelte, er sei bei den Besatzern damals ein hohes Tier gewesen. Olsens Haus klebt an einem Felshang, auf einem fantastischen Platz mit Sicht auf den weiten Fjord, der sich zwischen Festland und Lofoten erstreckt. An stürmischen Tagen spritzt das Meer seine Gischt bis an die Fenster des Wohnzimmers, emporgetragen durch einen natürlichen Trichter von Felsspalten. Er ist stolz auf dieses Schauspiel, das man heute hier bei Ostwind und etwas rauer See beobachten kann, und erklärt, dass er an manchen Tagen Angst habe, die Fluten könnten alles in die Tiefe reißen, obwohl das Haus bereits seit zweihundert Jahren hier stünde. Er sieht nachdenklich zum Fenster hinaus, im Dunst weit hinten links erahne ich die Bergsilhouette der Küste. Über die Unterhaltung und seine Schilderungen habe ich die Zeit vergessen, und als im Vorraum eine Pendeluhr schlägt, bemerke ich, dass ich bereits mehr als zwei Stunden in seinem Wohnzimmer sitze. Ich verabschiede mich und sage ihm, ich würde es mir noch überlegen und ihn in den nächsten Tagen anrufen, wenn ich seine Hütte mieten wolle. Bevor wir zur Türe gehen, lädt er mich ein, bei meinem nächsten Besuch in Svolvær doch vorbeizukommen, seine Frau würde sich sicherlich freuen, mich kennen zu lernen. Nach ein paar Schritten drehe ich mich nochmals zu der Hütte um, und gerade im selben Moment scheint sie fast von einer Welle überspült zu werden, so hoch schießt das tobende Wasser dahinter in die Lüfte. Vor der Rückfahrt auf die Insel werde ich Olsen anrufen, dass ich die Hütte doch nicht mieten werde.

Ich schlendere langsam in den benachbarten Gassen umher und bleibe in Gedanken an Erinnerungen aus meinem Leben hängen, ausgelöst durch den Blick auf eine Tasse in einem beleuchteten Fenster, einen Fussabstreifer aus Kokosfaser vor einem Eingang, eine Gardine mit zartblassen Blumenmustern, die unordentlich zurückgezogen wurde. Die Bilder vermischen sich mit denen aus meiner Zeit in Graz, in Zürich. Was ich getan habe, was ich war, bevor ich nach Norwegen kam, erscheint mir nach den Monaten des Aufenthaltes hier weit weg, ich kann meine Erinnerungen im Moment nur von außen betrachten, als wäre ich eine dritte Person, kein Ich, kein Du, eine Sie, die völlig losgelöst von mir mitten im Bild steht, in der Klinik, in der Wohnung, oder irgendwo am See. Es ist, als wäre ich, die jetzt hier unter der Bergwand der Lofoten steht und auf die Felsen und das Meer blickt, nicht diejenige, die als Psychiaterin in Zürich gearbeitet hat, nicht dieselbe, die sich davor fürchtete, geisteskrank zu werden.

Vancouver, 18. Mai 1991

Das dumpf zischende Geräusch des aus dem Herd strömenden Gases vermischte sich mit dem anschwellenden Heulen des Folgetonhorns eines heranrasenden Ambulanzfahrzeuges zwei Straßen weiter, das an der nächsten Straßenecke in die Auffahrt zum Krankenhaus einbiegen würde. Der Lärm der Rettungs- und Polizeifahrzeuge war ihr bereits nach dem Aufwachen aufgefallen, als sie den ersten Blick an die Decke tat und das flirrende Licht der Sonne am oberen Rand der wehenden Vorhänge seinen Schimmer auf den Putz malte. Es lag eine Spannung in der Luft, die sie von Föhntagen in den Alpen kannte, wenn die meisten Menschen gereizt waren und den Verkehr zu einer unvorhersehbaren Lotterie machten, weil sie unüberlegt über eine Kreuzung schossen, ohne nach links oder rechts zu sehen. Sie selbst war dann von einer federleichten Euphorie gepackt, die ihr alles heiter und unkompliziert erscheinen ließ, ganz im Gegensatz zu manch anderen Tagen, an denen sie Mühe hatte, sich selbst und die Welt zu akzeptieren. Es war ein Uhr Mittag, und sie war nach dem Frühstück zum Einkaufen in einen Bioladen zwei Häuser weiter gegangen und gerade damit beschäftigt, den Salat zu waschen und darauf bedacht, den kochenden Reis nicht zu übersehen, der ihr vorher schon das heiße Wasser über den Topfrand hatte schäumen lassen. Innerlich fluchte sie leise über den Herd, sie war das schnelle An- und Abschwellen der Hitze bei Gas nicht gewöhnt, und schimpfte mit sich selbst, weil sie nicht ausreichend konzentriert bei der Sache war. Sie hatte vor einer Woche das Zimmer ihres Mannes in einer Wohngemeinschaft bezogen, das er seit einem halben Jahr hier gemietet hatte. Es war länger als zwei Monate her, dass sie sich gesehen hatten, und sie wollte die Pause zwischen der letzten und der neuen Arbeitsstelle in Zürich dazu nützen, ihr Englisch aufzubessern und einen Kurs für Ausländer an der Universität zu belegen, und vor allem die Zeit mit ihm zu verbringen. Er würde in einer Stunde von einer Reise aus Alaska zurückkehren, um dann die Forschungsergebnisse der Gletscherexpedition mit seinem Professor während der nächsten Zeit auszuwerten. Sie hatten zwei Monate vor sich, und sie freute sich darauf, in seiner Nähe zu sein, denn sie hatten sich seit der Hochzeit wenig gesehen. Er war fast ständig unterwegs, um weiteres Material für seine Arbeit zu sammeln, die er noch in diesem Jahr abschließen wollte. Immer wieder hatte sie auf seine Anrufe gewartet, oder auf seine Briefe, und war an ihren freien Tagen nach einem Nachtdienst bei schönem Wetter vor dem Haus gesessen, hatte Ausschau nach dem gelben Postlerauto gehalten, dem sie dann ungeduldig mit dem Hund entgegengelaufen war, um manchmal einen Brief durch den Spalt des geöffneten Autofensters entgegenzunehmen oder enttäuscht wieder umzukehren, wenn sie der Briefträger mit einem entschuldigenden Lächeln angesehen hatte. Eine Weile hatte sie dann das Kuvert vor sich auf dem Tisch liegen gehabt, die Adresse betrachtet, die Marken und Stempel, und sich über den Schriftzug gefreut, der ihr auf eine Art die Nähe vermittelte, nach der sie sich in der Zeit der Abwesenheit ihres Mannes sehnte. Doch jetzt würde er bald hier hereinkommen, sie würde nicht mehr auf seine Anrufe warten müssen, diese Zeit war endlich vorbei. Er würde seine Dissertation fertig stellen und hatte geplant, mit seinem Freund Leo anschließend eine eigene Firma zu gründen. Die Werbeankündigung dafür zitierte er bei jeder Gelegenheit, wenn er wieder einmal genug davon hatte, ständig als Assistent in der Abhängigkeit vom Institut und von seinem Chef weiterarbeiten zu müssen. – Wir vermessen Erdstrahlung und Elektrosmog auf Ihrem Anwesen, effizient, kostengünstig und verlässlich. – Er wollte endlich selbstständig werden, und das würde, wie er sagte, auch erlauben, mehr Zeit mit ihr zu verbringen.

Sie überlegte, mit welchem Küchengegenstand sie die Kalbfleischstücke mürb klopfen sollte, denn so etwas wie einen Fleischklopfer konnte sie hier in dieser Wohngemeinschaftsküche nicht finden. Die anderen Mitbewohner waren Studenten, und drei von den insgesamt fünf weiteren Bewohnern hatten seit ihrem letzten Besuch hier bereits wieder gewechselt. Sie hatte vor, ein paar Schnitzel mit Erbsenreis und grünem Salat auf den Tisch zu bringen, den sie bereits mit einem Leintuch gedeckt hatte und aus der hinteren Ecke des Zimmers vorn ans Fenster gerückt, um die Aussicht über die Dächer der Stadt genießen zu können, die heute in diesem irren Licht detailreicher schien als am Tag zuvor. Nach seinem Anruf von gestern Abend, in dem er über das schlechte Essen und seine Sehnsucht erzählt hatte, bald wieder mit ihr nach Österreich fahren zu wollen, war sie auf die Idee gekommen, ein klassisches heimatliches Sonntagsmenü zu kochen, um ihm eine Freude zu bereiten. Sie spürte ihre Aufregung am ganzen Körper und hatte den Eindruck, sie würde alles zu langsam erledigen. Es gab noch so viele Kleinigkeiten, die sie vorbereiten wollte, die Blumen in die Vase stellen, eine seiner Meinung nach unnötige Geste, die sie aber nicht lassen mochte, weil es für sie ein Bedürfnis war, die Tafel feierlich zu gestalten, wenn sich schon die Gelegenheit ergab. Ihre Koffer und Kleider mussten noch besser verstaut werden, damit sie nicht zu viel Raum im Zimmer einnahmen, denn er hatte leicht den Eindruck, sie würde sich zu sehr ausbreiten. Alles würde anders werden, wenn nicht er oder sie beim anderen lediglich zu Besuch wären, und ab Montag nächster Woche hatte sie ein Zimmer in einer Wohnung organisieren können, die gleich über die Straße hier lag, damit sie sich nicht in den Wochen ihrer Anwesenheit beim Arbeiten stören und sich gegenseitig auf die Füße treten würden. Ab Juli, wenn sie die neue

Stelle antrat, hatten sie geplant zusammenzuziehen, und sie freute sich darauf, freute sich, nicht mehr am Abend allein zu Hause ihr Essen zuzubereiten oder durch die Straßen zu schlendern, in Selbstgespräche vertieft, beschäftigt mit dem, was während des Tages geschehen war. Den Arbeitsvertrag für ihre Stelle in der Schweiz hatte sie bereits in der Tasche. Er hatte sich gefreut, als sie ihm am Telefon von ihren Vorstellungsgesprächen erzählt hatte, und eingewilligt, nach Zürich mitzugehen, in eine neue Stadt, in ein neues Land, in eine Wohnung zu zweit, und das alles lag noch vor ihnen. Ein Anfang ungewiss und ersehnt, und es würde nicht mehr notwendig sein, den Ozean zwischen ihnen zu überwinden. Es würde nicht mehr diese Abschiede geben, wie damals, als seine braunen abgeschabten Koffer neben ihr in der Bahnhofshalle standen, an einem 31. Dezember, der kalt und feucht war, und sie sich ihren weiten hellbraunen Kunstpelzumhang enger um ihre Brust wickelte, damit er die letzte Wärme hielte. Er stand am Zeitungsstand gegenüber, auf der anderen Seite der Halle, und sie hatte auf seinen Rücken gestarrt, seine blonden wirren Haare, die sie so gern gerochen hatte, wenn sie neben ihm gelegen war und ihre Nase an seine Schläfe gedrückt hatte. Sie erinnerte sich an den langen Weg hinaus zum Bahnsteig, und wie er dann seine Hand an die Innenseite der Scheibe legte, die sie mit den Fingerspitzen berührte, während sie dem Zug zunächst noch im Gehen folgte, schließlich mit großen Schritten und dann im Laufen, bis ihr die glatte Oberfläche des Glases entglitten war.

Sie hörte ihn die Treppe heraufstürmen, unverkennbar sein Schritt, und dann sein Gesicht im Türrahmen, mit einem breiten Lächeln um den Mund, der verdeckt war von einem struppigen Vollbart. Den Bart hatte sie nicht erwartet. Sie fiel ihm um den Hals, schmiegte sich ganz eng an seinen Körper, während er sie mit sich weg vom Herd ins Zimmer zog.

Lofoten, 2. April 2004

Ich versuche mir zu überlegen, was ich anderes kochen könnte als immer dieselben Gerichte. Dazu habe ich ein norwegisches Kochbuch durchgeblättert, das ich im Küchenregal gefunden habe, und mir vorgenommen das nächste Mal alles für einen Labskaus einzukaufen oder für einen Lammeintopf mit Kartoffelknödel, nach südostnorwegischer Tradition. Heute werde ich nach Svolvær übersetzen und die notwendigen Zutaten besorgen. In der letzten Zeit bin ich manchmal zu Giske auf den Hof gefahren oder habe sie in Svolvær getroffen, um gemeinsam mit ihr durch die Gassen zu schlendern oder einen Kaffee zu trinken. Andere Male hat sie mich zu einem Abendessen bei Freunden von sich mitgenommen oder zu einem Kulturfest der Stadt, wo sie mir einige ihrer Arbeitskollegen vorgestellt hat und auch einen Arzt, Peer Haugland, der hier als Allgemeinpraktiker arbeitet und mich ganz interessiert nach dem Grund meines Aufenthalts hier fragte. Das brachte mich etwas in Verlegenheit, aber nur kurz.

Heute habe ich geplant, nochmals einen norwegischen Kriegsteilnehmer aufzusuchen, dessen Adresse und Telefonnummer ich von Rune erhalten habe. Der Weg zum weißen Haus auf der Insel, in dem er wohnt und das ich vor zwei Wochen schon einmal aufgesucht habe, führt über eine Brücke, die sich in hohem Bogen über das Hafengelände spannt, darunter liegen im dunklen Wasser verstreut Felsrücken, nackt, die wie Walrosse seit Jahrmillionen geduldig ihre flachen grauen Buckel dem Himmel entgegenrecken und alles tragen, was im Lauf der Zeit auf ihnen Platz gefunden hat, sei es die Nester der Wasservögel oder die aus Holz gebauten Lagerhäuser und kleinen Werften, rot gestrichen meist, durch deren offen stehenden Tore man das Treiben im Inneren erahnen kann. Jedes Mal, wenn ich in Svolvær bin, komme ich hierher in den verträumtesten Teil der Stadt, von hier aus hat man einen guten Blick auf den am Bergfuß hingeworfenen bunten Häuserhaufen. Schnee liegt noch in kleinen Flecken herum, die Berge hüllen sich in Weiß.

Auf der Insel, die man über die Brücke erreicht, finden sich einige der ältesten erhalten gebliebenen Häuser, verziert mit Türmchen und Veranden, ehemalige Residenzen der wohlhabenden Handelsleute. Dahinter legt sich der Blick auf die Wasserfläche des Fjords. Das weiße Haus erinnert mich in seiner Pracht an einen Gutshof, mit den hohen mehrfach unterteilten Fenstern, dem breiten ausladenden Giebel, der vorgelagerten Diele mit dem kunstvollen Kapitell unter dem Dachfirst. Alles ist verziert mit geschnitzten Holzgirlanden, blau gestrichen, wie auch die Umrahmungen von Türen und Fenstern, in einem Blau, das unendlich erscheint in seiner Tiefe. Ein alter Stadtbeamter wohnt hier, ein über neunzig Jahre alter groß gewachsener Mann, der in den Vierzigerjahren seinen Dienst versehen hatte. Bei meinem ersten Besuch habe ich mich lediglich vorgestellt und ihm gesagt, dass ich seinen Namen vom Bibliothekar erhalten hätte und mich für die Verhältnisse auf den Lofoten im Zweiten Weltkrieg interessieren würde. Außerdem sei ich fasziniert von der blauen Farbmischung der Fenster- und Türumrandungen.

Er ist freundlich, führt mich durch verschiedene Räume im Untergeschoss, wo er mir in seiner Werkstatt die Pigmentmischung der Holzfarbe erklärt. Es kommt mir vor, als hätte ich ein kleines Privatmuseum betreten, überall an den Wänden hängen Bilder, oder stehen hintereinander am Boden aufgereiht. Er kramt verschiedene Stükke hervor, um sie mir genauer zu zeigen und ihre Geschichte zu erzählen, und die Geschichten derer, die sie angefertigt haben. Er schildert mir den ersten Angriff der Engländer im letzten Krieg aus seiner Sicht, und seine unkomplizierte Bereitschaft zu erzählen erstaunt mich, denn nach meiner Erfahrung spricht man in Norwegen noch immer nicht gerne über diese Zeit, auch sechzig Jahre später nicht. Die Verfolgung derer, die sich im Krieg auf die Seite der Deutschen gestellt hatten, führte in den Jahren danach zu einer Spaltung der Gesellschaft in solche, die dabei waren und solche, die nachweisen konnten, dass sie gar nie dabei gewesen sein konnten, obwohl es fast nicht möglich war, sich vollkommen um den Kontakt mit der Besatzungsmacht zu drücken. Man schwieg lieber über die Zahl derer, die mit Leib und Seele hinter der sogenannten Erneuerung Norwegens gestanden waren und sich als Mitglied in die Nationale Versammlung hatten aufnehmen lassen, auch aus Begeisterung für deren Führer Quisling, dessen Name in späteren Jahren gleichbedeutend für das Wort Verräter gebraucht wurde.

Der alte Mann erhebt sich, mit einem Stock ausgerüstet, sehr umständlich von seinem Platz an der Breitseite des Tisches, der die Küche mit einer Großzügigkeit dominiert, die einen mutmaßen lässt, dass früher einmal hier eine mehrköpfige Familie ihre Mahlzeiten eingenommen haben muss. Als Beamter hatte er während des Krieges mit den Deutschen zu tun gehabt, und ich weiß lediglich, dass einige trotzig in ihren Ämtern ausharrten, damit sie ihren Landsleuten besser helfen konnten, in der Hoffnung, der Albtraum würde bald beendet sein. Er berichtete über die Schiffe der Engländer, die nach einem Angriff auf Svolvær eine Gruppe junger Norweger mitnahmen, die sich der Exilarmee ihres Königs Håkon VII. in Großbritannien anschlossen. Als Vergeltung wurden die Häuser ihrer zurückgebliebenen Familien von den Deutschen angezündet.

Nach dem Besuch spaziere ich bei starkem Regen weiter zwischen den alten Häusern, die hier ganz knapp am Wasser stehen. Ich ziehe meinen Südwester tiefer ins Gesicht und schaue den rasch ziehenden, tief hängenden Wolken draußen über dem Fjord nach. Das Gespräch mit dem alten Herrn hat mich eigentümlich berührt, und es ist mir bewusst, dass ich ihn, wenn ich das nächste Mal hier vorbeikomme, vielleicht nicht mehr antreffen werde, so durchsichtig und zerbrechlich ist er mir vorgekommen. An einer geschützten Hausecke bleibe ich stehen, es fröstelt mich ein wenig, und ich denke darüber nach, wie es für jemand sein muss, nach so vielen Jahrzehnten über die Ereignisse von damals zu berichten, einer Person, die fast zwei Generationen später zur Welt gekommen ist. Warum ich das alles wissen wollte, hat er mich nicht gefragt, es schien ihm ganz natürlich, dass ich bereits über Details Bescheid wusste und ihn nach anderen fragte. Vielleicht ist es in diesem hohen Alter zuletzt einzig das eigene Leben, das einen beschäftigt, und das der anderen ist bereits in unerreichbare Ferne gerückt. Das werde ich erst wissen, wenn ich jemals selbst so alt werden sollte.

Lofoten, 4. April 2004

Langsam wird es Frühling, und wenn der Wind es zulässt, dann setze ich mich auf ein Holzbrett, das ich mir aus dem Schuppen geholt habe, vor die Hütte in den Sonnenschein, eingemummt in meinen dicken Daunenanorak, der mir bis zu den Knien reicht. Die Tage sind länger geworden. Verstärkt durch den gleißenden Schnee, dessen Oberfläche wie von einem Seidentuch überzogen glänzt, dringt das Licht durch die Augen bis in den hintersten Winkel der über den dunklen Winter geretteten Seele. Der Schlaf ist in der Zwischenzeit besser geworden, mein Appetit ist gut, ich habe wieder etwas zugenommen und merke es an den Wanderhosen, die mir sonst sehr schnell von den Hüften zu rutschen beginnen, wenn ich drei oder vier Kilogramm weniger wiege. Meine regelmäßigen Spaziergänge habe ich fortgesetzt, ich habe tagtäglich an der alten Landstraße entlang des Moors meine Spuren in den Schnee getreten. Am nächsten Tag waren sie bereits wieder vom Wind verweht, und es war nicht mehr zu erkennen, dass irgendein menschliches Wesen sich bemüht hatte, hier vorwärtszukommen. Ich werde zusehends lebendiger, je wärmer es draußen wird. Vaters Tagebücher habe ich inzwischen mehrmals gelesen, und nach wie vor irritiert mich, dass er, als er seine Notizen verfasste, jünger war, als ich es jetzt bin. Ich habe mich an ein Foto von ihm in Uniform erinnert, wie er stolz mit Mutter, die den Arm bei ihm eingehakt hat, im Garten des Hauses meiner Großeltern posierte. Fronturlaub, ein paar Monate bevor er den Marschbefehl nach Norwegen erhielt. Meine Eltern sollten sich danach sechs Jahre nicht mehr sehen, und erst nach seiner Rückkehr aus der Gefangenschaft heiraten. Auf dem Bild wirken sie zuversichtlich und lachen in die Kamera, ein Lachen, an das ich mich auf keinem anderen Bild, das meine Eltern gemeinsam zeigt, erinnern kann. Später, nach dem Krieg, ist auf den Fotos eine Distanz zwischen den Eheleuten erkennbar. Auf einem Bild klammert sich Vater an seinen Rucksack, den er mit den Armen umschlungen auf seinen Knien hält, und Mutter sitzt zwischen den beiden Buben mit mir auf dem Schoß. Nach dem Tod des ältesten Bruders gibt es selten Fotos, auf denen die ganze Familie zu sehen ist.

Vater ist mir im Moment sehr gegenwärtig. In früheren Jahren wollte ich mich nicht mit ihm beschäftigen, weil ich die Zurückgezogenheit und die Ablehnung, uns Kindern in seinem Leben einen Platz zu geben, wie einen tiefen Vorwurf in den Knochen stecken hatte. Wenn ich auf der Bank vor dem Haus wie eine Katze in der Sonne döse und auf nichts anderes lausche als auf das ununterbrochene An- und Abschwellen der schwachen

Meeresbrandung, dann würde es mich nicht wundern, wenn er mit einem Fernglas um den Hals, in seinen beigen Knickerbockern und mit seiner fuchsbraunen sportlichen Samtjacke, einer Kombination, die er, als ich noch sehr klein gewesen war, auf den Ausflügen in die Berge getragen hatte, um die Ecke biegen und sich geräuschlos und vorsichtig neben mich setzen würde, so als ob ich gar nicht da wäre, um dann aufs Meer hinauszuschauen und hinterher Notizen in eines seiner Lederbändchen einzutragen. Er hat die Zeit des Krieges ausgespart aus dem Leben, das er nachher zu führen versuchte und in dem er nie richtig glücklich oder gelöst schien, sondern meist gehetzt und knapp angebunden war, und in dem er nicht die Ruhe besaß, sich mit uns gemeinsam auf etwas einzulassen. Die wenigen Familienausflüge haben sich wie Bilder einer heilen Welt in meinem Gedächtnis eingegraben, sei es die Fahrt mit dem gelben Postbus in einen Ort am Fuß eines Gebirges, das Warten unter einer großen Tanne, bis der Gewitterregen vorbei war, oder die Aussicht aus der Seilbahn über schwindelerregendem Abgrund, als wir eine Wanderung Richtung Dachstein unternommen hatten. Ich erinnere mich an einen Vater, der zu Hause auf dem Sofa las oder schlief oder auch manchmal an den Wochenenden seinen Hut und Mantel von der Garderobe nahm und in sein Geschäft verschwand, um die Buchhaltung zu machen, oder seine Fischerausrüstung ins Auto packte und den ganzen Tag alleine an einem See verbrachte.

In Vaters Tagebüchern gibt es ganz wenige Schilderungen von Begegnungen mit Norwegern, die er kennen gelernt hatte. Er beschreibt die Arbeit auf dem Hof einer Familie, wo er eine Zeit lang einquartiert gewesen war, und erwähnt auch einen jungen Bauern aus der Umgebung, mit dem er sich angefreundet hatte und der ihm Norwegisch beibrachte. Vaters Zeichentalent ist augenfällig, und ich war überrascht, wie gut es ihm gelungen war, die Stimmungen über dem Meer, über den Bergen mit ein paar Strichen einzufangen, die Darstellungen der Häuser, die Formationen des Nordlichtes, über das er schrieb, es gelinge ihm nicht festzuhalten, wie es ihm tatsächlich erscheinen würde, so flüchtig und zart und unnahbar, so verrückt tanzend wie ein geräuschloses jenseitiges Feuerwerk, das einen immer an die Unendlichkeit und den Weltuntergang erinnere. Jetzt bin ich hier und betrachte fast täglich das Nordlicht, warte am Abend, bis sich die ersten Anzeichen am Himmel erkennen lassen, ein leichtes weißlich grünes Flackern hinter dem Vågakallan, dem größten und auffälligsten Berg hier, der wie eine Pyramide in den Himmel ragt und um den sich die Sage rankt, dass er, als er um eine von sieben schönen Schwestern geworben hatte, abgewiesen worden war und vor lauter Wut seinen Hut mitten auf den Marktplatz geworfen hatte. Als mit einem Mal die Sonne aufging, sei er dann zu Stein erstarrt, und noch heute sei sein grimmiges Gesicht im Fels zu erkennen, und wenn man es zu lange sucht, solle es Unglück bringen. Es gibt auch andere Versionen der Geschichte, aber diese habe ich vom Blumenhändler erzählt bekommen. Ich sitze in der Sonne vor dem Haus und blicke hinüber zum Berg, den Vater sicher betrachtet hat, denn markante Berge hatten es ihm immer angetan.

Ich habe noch keine neue Bleibe in Svolvær gefunden, werde meine Suche aber in der nächsten Zeit fortsetzen. Um das Haus hier wohnlicher zu gestalten, habe ich heute im Wohnzimmer das Sofa umgestellt und eine neue Ordnung geschaffen, die mir den Raum größer erscheinen lässt als vorher. Die Polaroidfotos von mir sind in einer Schachtel auf dem Bücherregal verstaut, ich mag sie jetzt nicht mehr sehen, stattdessen habe ich eine Landkarte der Lofoten an die Wand geheftet, mit einzelnen Notizen über die Orte daneben, die ich bisher aufgesucht habe, um Vaters Tagebuchskizzen nachzuspüren. An der gegenüberliegenden freien Wand habe ich Ansichtskarten vom Nordlicht aufgereiht, ein Farbenspiel, das auf manchen Aufnahmen etwas übertrieben und unnatürlich wirkt. Eine Fotografie, die ich in einem Buch gefunden habe, hängt daneben, sie zeigt den Blick von einem Satelliten auf ein Nordlichtband, das sich über einer, die gekrümmte Erde verhüllenden, Wolkendecke dahinschlängelt. Dahinter das unendliche Schwarz des Universums.

II.

Lofoten, 10. August 2004

Ich habe ein altes Fahrrad aus Giskes Schuppen repariert, und wenn die Tage nicht zu kalt sind, genieße ich bei schönem Wetter die Fahrten über das Land. Nach meiner Rückkehr aus dem Krankenhaus im Frühsommer, bin ich zu Giske auf den Hof gezogen. Ich hatte ihr Auto bei einem Unfall auf einer Ausflugsfahrt in der Nähe von Gravdal hoffnungslos zu Schrott gefahren, hatte mich zweimal auf einer Böschung überschlagen und Glück gehabt, dass es nicht irgendwo weiter draußen, auf einer der einsamen Straßen, passiert war, wo mich so schnell niemand gefunden hätte. Wie der Unfall geschehen konnte, ist mir heute noch unklar. Singend war ich am Steuer gesessen, das Fenster heruntergekurbelt, um den Fahrtwind in meinen Haaren zu spüren. Eine unbändige Lust Auto zu fahren war über mich gekommen, wie seit langem nicht. Meinen lindgrünen Landrover hatte ich bereits im Frühjahr verkauft, weil ich das Geld zum Leben brauchte, und trotz einer gewissen Wehmut war ich froh gewesen, das alte Ding loszuwerden, das noch aus der gemeinsamen Zeit mit meinem Mann stammte. Es war ein sonnig freundlicher

Morgen, und ich war Richtung Südspitze der Lofoten aufgebrochen, um am selben Abend in Å anzukommen, dort, wo die Straße über die Inseln endet.

Die erste Erinnerung nach dem Unfall setzt mit dem Bild von Giskes Besuch an meinem Krankenbett ein, nachdem ich aus der Intensivstation auf die Normalabteilung verlegt worden war. Sie hat mich jeden zweiten Tag besucht und den weiten Weg von fast zwei Stunden Fahrt auf sich genommen. Ich wollte sie zunächst davon abbringen, war aber schließlich dankbar für ihre Fürsorge. Wer sonst hätte mich besuchen sollen in dieser Zeit. Die blauen Flecken sind inzwischen verschwunden und die Narbe unter dem rechten Rippenbogen verheilt. Ich hatte einige schmerzhafte Prellungen davongetragen und einen Milzriss, wobei ich mich nach der Operation rasch erholte. Giskes Angebot, doch zu ihr zu ziehen, wo es genügend Platz für uns beide gab, nahm ich gerne an.

Es tut gut, sich wieder frei und ohne Schmerzen bewegen zu können, und als sei der Unfall nötig gewesen, bin ich seither auf eine Art zuversichtlicher geworden und habe meine Grübeleien abgelegt, die sich die ersten Monate hier beständig an meine Fersen geheftet hatten. Es ist nicht mehr alles so mühsam, auch habe ich den Eindruck, mehr Freude an ganz banalen Dingen zu entwickeln, wie zum Beispiel mit Geduld und Hingabe in Giskes Glashaus zu arbeiten oder verschiedene kleine

Reparaturen im Haus und in den Nebengebäuden zu erledigen. Ich habe wieder angefangen, österreichisch zu kochen, einfach aus dem Bedürfnis heraus, Giske verschiedene Gerichte versuchen zu lassen, die man hier in Norwegen nicht kennt, wie Marillenknödel und Kaiserschmarren, Tafelspitz und Salongulasch, alles Rezepte, schon längst von mir vergessen geglaubt, die mir auf einmal von der Hand gehen, als hätte ich sie erst vor kurzem das letzte Mal zubereitet.

Ich bin gerne hier bei Giske im Haus, nach der langen einsamen Zeit auf der Insel im Fjord. Mein Wunsch nach Abgeschiedenheit, mit dem ich zu Anfang meines Aufenthaltes von Bord der Hurtigruten gegangen bin, hat sich verloren. Es ist angenehm, dass dieses Haus nicht das Geringste mit mir zu tun hat. Alles um mich ist norwegisch, folgt einer anderen Tradition als der, in der ich aufgewachsen bin, die Familienfotos an der Wand des Wohnzimmers, die selbst gewebten Hängeteppiche in düsteren Naturfarben, der Lehnsessel mit der Stehlampe vor dem großen Blumenfenster, der Zinnteller mit mittelalterlichen Schlangenmustern verziert über dem schwarzen alten Piano, das von niemandem mehr gespielt wird, die Kristallglasschale auf der Kommode, darüber ein etwas grobschlächtiges Ölgemälde, Mitternachtssonnenstimmung vor Gewitter über dem Meer. Das alles war anfangs fremd für mich und ist inzwischen zu einer vertrauten Welt geworden. Die Wohnzimmereinrichtung zeugt von verschiedenen Menschen, die dem Inneren des Hauses über die Jahrzehnte ihr Gepräge gegeben haben. Die Gerüche in dieser Umgebung sind ungewohnt für mich, die Würze des alten Holzes, ein behaglicher Unterton, der einen umfängt, sobald man über die Schwelle tritt, ein Wärme strahlender Ton, der je nach Wetter seinen Grundcharakter ändert, etwas schärfer und heller bei Trockenheit, dumpfer und intensiver bei Regen und wochenlanger Feuchtigkeit.

Seit einigen Tagen habe ich begonnen, die Unterlagen der Recherche über Vaters Aufenthalt hier zu ordnen. Giske ist für eine Woche nach Bergen gefahren, um dort Freunde zu besuchen, und ich bin allein auf dem Hof. Ich habe alles in eine Mappe geordnet, die Titel der gelesenen Bücher mit kurzen Inhaltsangaben versehen, die Notizen über die Ausflüge zu Vaters vermutlichen Stationierungsorten, die Adressen der alten Männer, denen ich einen Besuch abgestattet habe, und meine Protokolle zu ihren Erzählungen aus dem Zweiten Weltkrieg. Ich habe das Kartenmaterial über die Lofoten, die Vesterålen und von Teilen der Finnmark eingeordnet, das ich auf meinen Ausflügen verwendet habe. Vaters Fotografien aus Kriegstagen habe ich auf Kartons geklebt und eingeheftet. Ich konnte nicht immer erkennen, aus welcher Gegend Norwegens sie stammen, zu vage sind die Angaben auf der Rückseite. Es sind mehr als fünfzig Bilder, die ich mir immer wieder angesehen habe. Vater ist selten abgebildet, meist war wahrscheinlich er selbst derjenige, der sie aufgenommen hat. Im Gegensatz zu seinen Notizen, die sich oft mit nüchternen Details beschäftigen, bannte er auf den Bildern lebendig wirkende Szenen und Porträts seiner Kameraden, deren Gesichter mir mehr Eindruck über den Alltag damals vermitteln als seine Beschreibungen. Eine Aufnahme zeigt mehrere Männer in einem kleinen Boot, die in ihren nass am Körper klebenden Uniformen beim Anlegen an die Mole dem Fotografen etwas verbissen entgegenlächeln. Auf einer anderen sind in weiße Jacken und Mäntel gekleidete Soldaten abgebildet, wie sie eine Schneehöhle graben und sichtlich ihren Spaß dabei haben, wenn einer drohend einen Schneeball hinter dem Kopf des anderen hochhält. Das nächste Bild zeigt Pferde in einem aus Schnee gefertigten Schützengraben. Ein Mann sitzt rauchend auf dem Rand des Walls, in dem man drei Spaten nebeneinander stecken sieht. Vielleicht Josef, Vaters Freund, nach getaner Arbeit, der zufrieden zu seinen Tieren hinunterblickt, die er in Sicherheit wähnt. Auf einem weiteren Bild sieht man eine Kolonne von Soldaten in deutschen Uniformen, die hinter einer von Haflingern gezogenen Gulaschkanone hertrotten, sichtlich müde, mit hängenden Schultern und Köpfen, auf einer Landstraße, die durch eine flache karge Landschaft führt, auf der Rückseite des Bildes kann ich den Schriftzug – Finnmark – entziffern. Ein weiteres Bild habe ich nicht eingeklebt. Jedes Mal, wenn es mir in die Hände fällt, beschleicht mich ein Ekel, eine Ratlosigkeit, und ich komme mir wie ein ungebetener Zuschauer vor, wenn ich den Mann nach vorne fallen sehe, dessen Stahlhelm im Begriff ist, vom Kopf zu fallen, dabei das Gesicht verdeckend und nur mehr ein Auge sichtbar lässt, das weit aufgerissen scheint. Warum Vater dieses Bild behalten hat, ist mir nicht klar, ist es ein Freund von ihm, der hier angeschossen wird, hat er selbst in diesem Moment den Auslöser betätigt. Hat er die Aufnahme von jemand anderem bekommen. Bannte sie einen Teil des Schreckens, den er sonst nicht erzählen würde können, falls er eines Tages wieder nach Hause kommen sollte. War es der Tod, der diesem festgehaltenen Moment des Noch-im-Leben-Seins folgen würde, der dadurch eine andere Dauer bekam, als der flüchtige Tod, der viele in diesem Krieg wie im Vorbeigehen gestreift hatte und noch streifen würde, ohne Zeugen in einem Hinterhalt, oder im Nebel des aufgewirbelten Staubs beim gegnerischen Artilleriefeuer, in den Schlammmassen eines Schützengrabens nach der Detonation einer Handgranate oder sonst wo. War es die Angst vor der Bedeutungslosigkeit des eigenen Todes, der die Beliebigkeit des eigenen Lebens schmerzhaft bloßstellte. War dieses Bild in seiner Zeugenschaft geeignet, den eigenen Tod dieser alles fressenden Beliebigkeit zu entreißen, wenn dieser hier festgehalten worden wäre, als Stellvertreter für alle anderen Tode. Warum dieses private und doch anonyme Bild mich mehr berührt als eines der vielen Kriegsbilder, die in den letzten Jahren von den Medien verbreitet wurden und zum Alltag unserer Bilderwelt gehören, kann ich nicht sagen. Es geht so weit, dass ich es nur widerstrebend angreifen kann und mich zwingen muss wegzusehen, weil ich sonst so lange beim Anblick dieses Bildes verharre, bis mich eine Übelkeit in der Magengrube heimsucht. Sie beschleicht mich auch bei der Lektüre von Gräueln jeglicher Art, die an Menschen begangen wurden. Auch von diesen Beschreibungen muss ich mich nach einer Zeit losreißen, weil ich weiß, dass mir die Szenen dieser Gewalt nicht mehr aus dem Kopf gehen werden und sie mir zu passenden und unpassenden Gelegenheiten, selbst wenn ich sie nicht aus der Erinnerung aufrufen wollte, wieder und wieder einfallen und ich nichts dagegen unternehmen kann, um sie aus meinem Inneren zu verbannen.

Vater sieht auf den Bildern sehr jung aus, manchmal wie ein groß gewordener Bub, der von der Welt noch nicht viel weiß und sich auch noch keine Gedanken darüber gemacht hat, wie sie für ihn funktionieren könnte. In seinem Lachen, seinem Mienenspiel, ist etwas unschuldig Neugieriges. Diesen Teil seiner Person habe ich nachher nicht mehr an ihm entdecken können, vielleicht war es auch nicht möglich gewesen, weil er mein Vater war und ich auf eine unbestimmte Art ständig etwas Angst vor ihm hatte. Er konnte aus heiterem Himmel einen Tobsuchtsanfall bekommen, wenn mein Bruder und ich uns nicht still genug verhielten. Er wollte seine Ruhe haben, und ich hatte früh begonnen, aus der Wohnung zu fliehen, sobald ich die Erlaubnis erhielt, gemeinsam mit meinen Freundinnen ausgedehnte Radausflüge zu unternehmen oder bei ihnen zu Hause zu übernachten.

Mutter hatte, wenn er besonders leicht reizbar war, versucht uns von ihm fernzuhalten. In den letzten Jahren meiner Zeit zu Hause ging sie, nachdem Vater uns zuvor immer mit Widerwillen begleitet hatte, allein mit meinem Bruder und mir in die Ferien, und Vater verbrachte die meiste Zeit des Sommers in seinem Geschäft.

Wie viel letztendlich der Krieg und die anschließende zweijährige Gefangenschaft Anteil an dem hatten, was aus ihm wurde, und wie er sich uns und Mutter gegenüber verhielt, bleibt offen. Die meisten Männer dieser Generation, die aus dem Krieg zurückgekehrt waren, hatten sich verändert. Sie hatten ihre Familien gegründet in der Hoffnung auf ein friedliches Leben, dem sie dann oft gar nicht gewachsen waren. Das Schweigen über die vielen Toten war spürbar in den Auslassungen, sei es in Vaters Erzählungen oder in denen meines Onkels, sei es, wenn der alte Nachbar über den Krieg sprach oder einer unserer Lehrer. Dieses allumfassende Schweigen bestimmte meine Jugend und die meines Bruders.

Lofoten, 12. September 2004

Ich hielt mich gerade auf dem Dachboden meines Hauses auf, als Anna das erste Mal auftauchte. Das war letzten Herbst vor Beginn der Dunkelzeit. Ein heilloses Durcheinander lag ausgebreitet vor mir auf dem Boden. Alles hervorgeholt aus der mit Rosenmustern bemalten Truhe, die mir Mutter hinterlassen hatte. Sie stand seit Mutters Tod unberührt in der Ecke des Estrichs. In einem Brief, den ich erst nach ihrem Begräbnis fand, hatte sie mir den Ort mitgeteilt, an dem der Schlüssel versteckt war. Was ich zu finden hoffte, waren alte Bilder von Mutter und auch von meinem leiblichen Vater. Auf keiner der Fotografien, die mir Mutter gezeigt hatte, war er abgebildet gewesen. Ich wollte wissen, ob ich ihm ähnlich sah oder nicht. Soweit ich mich mit Mutter vergleichen konnte, hatte ich ihr nie gleichgesehen. Meine Nase war zu lang geraten, die Lippen etwas zu wulstig und auch mein hagerer Körperbau glich nicht ihrer Statur. Als Anna mich an der Haustüre über die Kriegszeit befragte, habe ich sie kurzerhand ins Wohnzimmer gebeten und ihr das neu entdeckte Album aus Mutters Truhe gezeigt, das ich am Dachboden durchgeblättert hatte. Über meinen Vater hatte ich Anna gegenüber damals noch kein Wort verloren. Ich war erstaunt, dass sie sich ausgerechnet für diese Zeit interessierte, die mich gerade am meisten beschäftigte. Vielleicht war auch das der Grund, warum wir sehr schnell einen vertrauten Umgang miteinander hatten.

Mutter war nach dem Krieg gezwungen gewesen, mich als einjähriges Mädchen von hier wegzugeben. Die Hoffnung, mich wieder zurückzuholen, hatte sie lange nicht aufgegeben. Sie dachte, die Feindschaft, mit der ihr die Behörden und die Menschen im Dorf begegneten, als Geliebte eines deutschen Besatzungssoldaten, würde sich nach einer Zeit legen. Mutter und ich haben uns mehr als fünfzig Jahre nicht wiedergesehen. Sie hat mir, kurz bevor sie im Jahr 2001 starb, gesagt, niemand in der Familie hätte sie damals unterstützt. Ein Mann vom Amt hatte ihr später erzählt, ihr Kind sei in einer guten Pflegefamilie untergebracht. Die Leute wüssten nichts von seiner Herkunft und würden es unter normalen Umständen großziehen. Nicht wie hier, als Balg gebrandmarkt, als Schandfleck, der für die Kollaboration mit dem Feind Norwegens stand. Sie verbrachte die letzten Tage ihres Lebens in geistiger Umnachtung. Ich war aus Bergen angereist und pflegte sie. Sie sprach zu sich selbst und den Gegenständen, die sie umgaben. Sie redete mit dem Wind, der ums Haus strich und an den Dachbalken rüttelte. Ich hatte sie mit Hilfe von Peer Haugland, ihrem Hausarzt, der zweimal am Tag vorbeikam, ins Wohnzimmer gebettet. Wenn ich etwas kochte, klapperte ich laut mit den Töpfen in der Küche oder, wenn ich im Garten arbeitete, machte ich mit dem Rechen Geräusche vor dem offenen Fenster. Ich wollte ihr zeigen, dass sie nicht allein war. Erschöpft von den Schmerzen, zog sie sich zurück in eine Sphäre, in der Zeit und Raum keine Rolle mehr spielten. Manchmal sah sie mich erstaunt an und fragte, wie ich hereingekommen sei. Sie wisse, das Haus sei von fremden Männern umstellt. Niemand dürfe zu ihr vorgelassen werden. Die Männer verlangten, sie solle zugeben, dass ich ihre Tochter sei. Immer öfter musste ich Peer Haugland holen, wenn sie von Verfolgungsangst aufgefressen wurde. Er gab ihr eine Spritze. Danach wurde sie ruhiger und konnte endlich Schlaf finden. Sie hatte dann einen zufriedenen Gesichtsausdruck. Ich hielt manchmal ihre Hand oder streichelte ihr über das graue Haar. Vieles hätte ich sie noch gerne gefragt, doch es blieben uns lediglich einzelne Besuche bei ihr im Lauf eines Jahres, um uns kennen zu lernen. Ich grübelte an ihrem Sterbebett oft darüber nach, ob ich sie nach so langer Zeit der Trennung wie eine Mutter lieben konnte. Und selbst wenn ich sie liebte, ich hätte es ihr nicht mehr sagen können.

Mein Mann Trond und ich entschlossen uns ein halbes Jahr nach ihrem Tod, von Bergen wegzuziehen und den Hof, den sie mir in ihrem Testament vermacht hatte, zu übernehmen. Ich war fremd hier und sprach einen anderen Dialekt. Man begegnete mir mit Vorsicht und niemand wollte wirklich wissen, wer ich war. Meinem Mann begegnete man mit Anstand. Mich mieden die älteren Einwohner, als würde meine Anwesenheit in alten nicht verheilten Wunden rühren. Ich ahnte, dass hinter vorgehaltener Hand darüber gemunkelt wurde, das Deutschenbalg sei nun doch noch zurückgekehrt. Den Jungen schien es egal, für sie war ich einfach Giske aus Bergen mit dem Osloer Dialekt, die bei der *Lofotposten* arbeitete. Ich hatte niemandem erzählt, wer ich war, nur dass wir die letzten hinterbliebenen Verwandten wären, die das Haus geerbt hätten.

Anna ist die erste Person, der ich Erinnerungen aus meiner Kindheit und Jugend erzähle. Sie ist mir fern genug und steht mir zugleich ausreichend nahe. Seit sie hier eingezogen ist, haben wir oft über meine und ihre Kindheit geredet. Als wir uns kennen lernten, streifte ich beiläufig einige Daten meiner Herkunft. Aber seit diesem Sommer bemühe ich mich anhand des Dossiers von der Vormundschaftsbehörde, die Bilder von früher in meinem Inneren zu ordnen. Ich begann lebhaft zu träumen und schlief in manchen Nächten sehr unruhig, weil ich aufschreckte und mich auf einmal mitten im Schlafraum des Kinderheimes glaubte. Oder ich stand schutzlos im Zimmer des Chefarztes in der Klinik mit Aussicht auf den Fjord. Über die Jahre meines Erwachsenenlebens hatte mich ein dumpfes Gefühl begleitet, wenn ich nach meiner Kindheit und Jugend gefragt wurde. Jetzt tauchen Erinnerungsfetzen in Stücken vor mir auf, und manchmal weiß ich nicht, ob ich geträumt habe oder ob all das tatsächlich in meiner Kindheit geschehen war, was in jähen Bildern vor mir steht. Anna fragt nach, versucht mit mir gemeinsam Ordnung in alles zu bringen. Ihre Anwesenheit beruhigt mich.

Zu Anfang unserer Ehe hatte ich Trond von meinem Aufwachsen bei den Adoptiveltern in Oslo erzählt. Das war die Zeit von meinem vierzehnten Lebensjahr an. Aber ich hatte nichts über die Zeit vorher erzählt. Ich erinnerte mich kaum daran und wollte auch nicht erinnert werden. Es gab viele Lücken, die ich nur mit Vermutungen füllen konnte. Mein Mann wollte mehr wissen, aber er gab es irgendwann auf, mir Fragen zu stellen. Ich überlegte mir zu Beginn unserer Ehe, Nachforschungen über meine Herkunft anzustellen, konnte mich aber nicht dazu aufraffen. Ich verließ mich jahrelang auf die Informationen, die ich von Lene und Jens Norman, meinen Adoptiveltern, deren Nachnamen ich seit meinem fünfzehnten Lebensjahr trug, erhalten hatte. Geboren an einem unbekannten Ort als Tochter eines Wehrmachtssoldaten und einer Frau aus Nordnorwegen, das war, was ich von Jens erfahren hatte, mehr hatten sie selbst nicht von der Vormundschaftsbehörde mitgeteilt bekommen. Es war, als müsste ich erst ein Tabu durchbrechen, wenn ich mir überhaupt Gedanken über meine Herkunft machte.

In den Neunzigerjahren begannen plötzlich andere über die Herkunft als Deutschenkind zu sprechen. Es erschienen Artikel und Bücher, die ich gierig las. Schließlich hat Trond mich auf meinen Wegen und Irrläufen durch die Ämter begleitet. Ich wollte endlich nachfragen. Es hatte mir Mut gemacht zu erfahren, dass es andere mit ähnlichem Schicksal gab. Es waren nicht wenige. Die Zeitungen schrieben, es seien achttausend oder mehr. Vielleicht wurde der Drang, mehr über mich zu erfahren, auch ausgelöst durch die neugierigen und unbefangenen Fragen meiner Kinder. Es fiel mir mit einem Mal schmerzhaft auf, wie wenig ich ihnen diese Fragen beantworten konnte. Dann bekam ich Einsicht in meine Akte. Ich habe die Namen der ersten Pflegeeltern erfahren, den Namen des Ortes, aus dem ich mit zehn Jahren geflohen war. Auf keinen Fall wollte ich diese Orte aufsuchen. Ich schämte mich, war unsicher, hatte Angst vor weiteren Einzelheiten, die irgendwo in einem unzugänglichen Teil meines Gedächtnisses schlummerten. Es dauerte ein paar Monate, bis ich den Mut fand, mich beim zuständigen Gemeindeamt zu erkundigen, ob meine Mutter noch lebte.

Ostnorwegen, Herbst 1955

Die Frau mit der schwarzen Schürze über brauner Bluse, die mit kleinen weißen Blumengirlanden bedruckt ist, sitzt am oberen Ende des Tisches und sieht mit strengem Blick auf das Tischtuch. Ihr Haar ist grau, ihr Gesicht ist blass, ihre Hände liegen gefaltet in ihrem Schoß. Durch das halb geöffnete Fenster strahlt gebündeltes gelbliches Licht, das in Schwällen, unterbrochen vom Wehen der Gardinen, immer wieder auf den Holzfußboden trifft, um dort leuchtende Vierecke zu hinterlassen, die in unregelmäßigen Intervallen verschwinden, spurlos, um gleich darauf wieder zu erscheinen. Ein kleines Mädchen mit einem hellgrauen Leinensommerkleid, an dessen Kragen eine weiße Spitze genäht ist, sitzt vor einem mit Brei gefüllten Teller und hält den Kopf gesenkt, starrt auf den Boden, stumm. Das Mädchen zählt die dunkelbraunen Astlöcher, die sich deutlich vom restlichen Muster abheben. Es wird kein Wort gesprochen, im Hintergrund schwingt das Pendel der Wanduhr und schneidet die Zeit, die für das Mädchen nicht zu vergehen scheint, in kleine Scheiben. Die Frau am oberen Tischende wartet, sie sieht vom Tischtuch auf den Teller und wieder zurück auf das Tuch vor sich, sitzt da mit verschränkten Armen, die sie vor der Brust gekreuzt hält. Die Zeiger der Uhr stehen auf eins. An einem kleinen Pult am anderen Ende des Raumes sitzt ein ungefähr fünfzehnjähriger Knabe und schreibt mit kratzendem Geräusch etwas in ein Heft, das er vor sich liegen hat. Er sieht in ein Buch, blättert, nachdem er den Füllhalter ins Tintenfass getaucht und unter Geklirr am Rand des Glases abgestreift hat, Seite um Seite weiter, ohne sich durch die Szene im Raum ablenken zu lassen. Vier langsam schnarrende Schläge erfüllen den Raum, dann ertönt nach einer kurzen Pause ein heller satter Glockenton, und nach einer kleinen Weile beginnt die Gardine vor dem Fenster lautlos stärker im Wind zu schweben, und im Treppenhaus hört man die schweren Schritte eines Mannes die Eingangsdiele herankommen. Das Mädchen springt vom Sessel auf und versteckt sich hinter der offenen Türe, die zum Wohnzimmer führt. Die Frau steht vom Tisch auf und begrüßt den eintretenden Mann mit einem scharfen Unterton in der Stimme, hinter dem sie ihre Verzweiflung zu verstecken sucht. »Sie hat wieder nichts gegessen.« Stille. Das Herz schlägt dem Mädchen bis zum Hals, sie hört die näselnde Stimme des Mannes. »Wo ist sie?«

Sie weiß, was jetzt folgen wird, und es hängt alles davon ab, ob sie es schaffen wird, zur Türe zu kommen, bevor der Mann aus der Abstellkammer, auf die er jetzt zugeht, um den Stock zu holen, zurückkehrt, und sie blickt zu dem Jungen am Tisch, der ihr unerwartet mit einem zusammengekniffenen Auge zublinzelt und mit dem Kopf Richtung Ausgang deutet. Mit einem Satz stößt sie die angelehnte Türe, hinter der sie totenstarr gestanden hat, zur Seite, stürzt vorbei an den nach ihr greifenden Händen der Frau mit der Girlandenschürze. Sie hält den Atem an, spürt, wie eine der Schleifen aus ihrem Haar gerissen wird, läßt sich nicht anhalten und öffnet die Wohnungstür. Sie rennt, weiter, immer weiter, über den Gartenzaun mit einem Satz, ihr Kleid zerreißt am Saum an einer der Holzlatten, weiter im Lauf um die nächste Hausecke, vorbei am Nachbarshund, der ausgestreckt im Hof liegt und döst. Niemand begegnet ihr unterwegs, es ist Mittagszeit. Alle sitzen bei Tisch oder haben sich sonst zurückgezogen in ihren Häusern. Sie läuft weg vom Haus des Pastors, vorbei an der Pferdekoppel und dem Hof des Großbauern, weiter hinaus, läuft, ohne sich umzudrehen, bis zum Ende des Dorfes, und plötzlich weiß sie, sie muss zum Bahnhof hinunter, sie muss mit dem nächsten Zug in die Stadt. Sie war mehrmals in den letzten Monaten mit der Frau des Pastors nach Oslo gefahren, und sie wusste genau, wie sie es anstellen würde, um nicht vom Schaffner erwischt zu werden, sie würde sich unter einer Bank im ersten Abteil verstecken. Sie weiß, der nächste Zug fährt um zwei, das ist der, mit dem sie sonst auch gefahren waren, um die kranke Schwester der Frau des Pastors zu besuchen, die im Spital operiert worden war, und wenn sie jetzt geschickt ist und sich neben dem Warenschuppen auf der anderen Seite der Geleise versteckt, kann sie ungesehen in ein Abteil schlüpfen. Der Wunschvorstellung, von hier zu entkommen, war sie schon oft nachgehangen, nachdem sie wieder einmal von der Frau des Pastors zurechtgewiesen worden war, weil ihr Rock über die Knie nach oben gerutscht war und sie nicht züchtig genug dasaß, wenn sie fasziniert von der Landschaft, die draußen vorbeischaukelte, nicht auf ihre Haltung geachtet hatte und sogar auf die Sitzbank geklettert war, weil sie einem Fuhrwerk, das mit jungen Leuten besetzt war und geschmückt irgendeinem Ziel entgegenrollte, aus dem geöffneten Fenster nachwinken wollte.

Sie weiß, wohin sie will, hat das blaue Haus vor Augen und malt sich bereits den Weg dorthin durch die Stadt aus. Atemlos am Lagerhaus hinter den Geleisen angekommen, blickt sie den Weg zurück zum Dorf, der hinter einer bewaldeten Hügelkuppe verschwindet, am Himmel stehen turmhohe weiße Wolkenlandschaften, denen sie sonst so gerne zusieht, wie sie sich verändern und verschieben, auflösen an den Rändern in nichts, als ob es sie vorher nicht gegeben hätte. Jetzt hat sie keine Augen dafür. Sie späht an den Geleisen entlang in die Ferne. Der Zug würde bald kommen.

Lofoten, 27. September 2004

In der Bucht zu meinen Füßen bescheint die Nachmittagssonne die rund geschliffenen Felsvorsprünge, an deren aus dem Wasser ragenden Nasen sich gemächlich im Takt die Wellen brechen, die vom Fjord hereinrollen und deren Kraft durch zahlreiche vorgelagerte Walrossfelsbuckel bereits weiter draußen gebremst worden ist. Neben mir liegt Jon, Giskes Hund, der mich auf meinen Spaziergängen, die in den letzten Wochen immer länger werden, begleitet. Ich bin erstaunt, mit welcher Hartnäckigkeit er sich um meine Aufmerksamkeit bemüht, wenn ich mich anschicke, das Haus zu verlassen, und meist liegt er im Hausgang und springt auf, sobald ich mir die Jacke überstreife, um ganz selbstverständlich neben mir zu warten, bis wir vor die Türe treten. Meine Glieder sind schwer vom Herumklettern in den Felsen. Ich habe versucht, die zerklüftete Küste entlangzuwandern und mich dabei völlig erschöpft. Meine Knie sind blutig, das rechte Hosenbein zerrissen, Jon schleckt seine Tatzen, die er an der rauen, kantigen Felsoberfläche aufgewetzt hat, als er an einer steilen Stelle jaulend ins kalte Meer zu stürzen drohte und sich unter Aufwendung seiner letzten Kräfte mit einem Satz auf einen Stein retten konnte, der ihm genug Halt gab. Ich ziehe den Reißverschluss meines Anoraks bis unters Kinn, strecke mich auf meinem Regenschutz aus und lege den Kopf auf den Brustkorb von Jon, der kurz seine Schnauze hebt, um zu sehen, was los ist. Dann höre ich ein beruhigtes Schmatzen, und ich weiß in diesem Moment, obwohl ich es nicht sehen kann, dass er mit geöffneten Augen daliegt, und wenn ich eine Weile in dieser Haltung ruhig verharre, wird er nach und nach zu blinzeln beginnen und sich einem oberflächlichen Schlaf hingeben, hinter halb geschlossenen Lidern.

Am Himmel über mir ziehen rasch kleine lang gestreckte Wolken von Westen her, und ich sehe ihnen eine Weile zu, während der Wind zart meine Haare zaust. Ich erinnere mich an den Druck auf meinem Brustkorb in den Wintern in Zürich. Ich sehe finstere Tage vor mir, unter einer Hochnebeldecke, die monatelang die Stadt vom Himmel abschnitt. Selbst mein Hund konnte mich nicht mehr trösten, weil sein langsames Altwerden und Dahinsiechen mich traurig machte und er schon halb blind geworden war. Inzwischen musste ich ihn an die Leine nehmen, was er gar nicht mochte, aber nur so war es möglich, ihn durch einen kurzen Ruck und ein leises –Psst– darauf aufmerksam zu machen, dass er die Vorderbeine ein wenig höher heben sollte, damit er nicht über die Randsteine der Gehsteige stolperte. Er schlich dann mit eingezogenem Schwanz neben mir her und hatte zuletzt gar keine Lust mehr, die Wohnung zu verlassen, und so raffte ich mich manchmal auf, aufzubrechen aus der Stadt und ihm die Möglichkeit zu geben, irgendwo draußen am Land frei über Wiesen zu rennen. Als er einige Jahre zuvor noch Freude am Laufen hatte, war das die Zeit, in der wir fast jedes Jahr einige Tage ins Engadin fuhren, mein Mann, ich und der Hund, hinein in eine gleißende Sonne, die mit einem hörbaren Sirren in der Luft die Atmosphäre zu erfüllen schien und die mir den Kopf vor Übermut schier bersten ließ, wenn wir am Ufer des Silsersees saßen, still und von einer inneren Ruhe erfüllt, wie ich sie in anderen Gegenden kaum wahrgenommen habe. Mit einem Mal gab es für mich kein Gefühl mehr für das Verrinnen der Zeit, ich staunte über die Milde der Welt, die sich mitten im Winter auf samtenem Schnee ausbreitete.

Den Hund gibt es nicht mehr. Er war am Straßenrand röchelnd mit Schaum vor den Lefzen zusammengebrochen und konnte nicht mehr weiter. Der Tierarzt meinte, er würde den nächsten Monat kaum überleben, so beschloss ich, ihn einschläfern zu lassen. Den Nachmittag davor habe ich auf dem Balkon verbracht, in der Sonne gelesen und seinem Schnarchen zugehört, im ständigen Hader mit meinem Entschluss. Dann hatte ich seine ruhigen Atemzüge mit meinem Diktiergerät aufgenommen, um etwas als Andenken an ihn zu haben, denn dieses Schnaufen würde ich vermissen, das wusste ich, es war über die Jahre ein vertrautes Begleitgeräusch der Ruhe geworden. In der Nacht hatte er sich neben mein Bett gelegt, so als wolle er noch einmal auf mich aufpassen, wie er es manchmal getan hatte, wenn er merkte, dass es mir nicht gutging. Sonst schlief er üblicherweise in der entferntesten Ecke der Wohnung, im langen Korridor, gleich neben dem Eingang.

An seinem letzten Tag unternahmen wir zuerst einen Spaziergang auf einer mit Löwenzahn bestandenen Wiese, und dann bekam er nach einer kleinen Rast am Waldrand zwei Knackwürste, die Henkersmahlzeit, die er ahnungslos und mit fröhlicher Gier verschlang. In der Praxis des Tierarztes setzte ich mich zu ihm auf den Boden, hielt seinen Kopf auf meine Oberschenkel gebettet, während der Doktor ihm behutsam unter leisem beruhigendem Zureden die Spritze setzte und ich fühlte, wie das Hundeleben, das mich mehr als zehn Jahre begleitet hatte, unter leisem Zucken und mit einem müden Seufzer den braunen pelzigen Körper verließ. Lange Zeit danach fühlte ich mich auf meinen Wegen ohne Schatten, musste mich nach ihm umsehen, unwillkürlich, wenn ich meinte, seine schlurfenden Hundepfoten hinter mir zu hören. Jetzt bin ich froh, Jon bei mir zu haben. Er besetzt den leeren Platz auf seine unaufdringliche Art, aber ich weiß, dass diese Freundschaft nur geborgt ist, und sobald ich wieder meine eigenen Wege gehen werde und nicht mehr tagelang am Meer herumstreune, wird mich Jon verlassen und zu Giske zurückkehren.

Im Moment finde ich nicht eher zur Ruhe, bevor ich mich nicht völlig körperlich verausgabt habe. Ich brauche nicht mehr viel Schlaf und bin den ganzen Tag zu Fuß unterwegs. Von Giskes Haus bis nach Svolvær sind es fast zehn Kilometer, und ich lege den Weg in unterschiedlichen Varianten fast täglich zurück. Ich packe am Morgen, noch bevor Giske den Hof Richtung Arbeit verläßt, meinen Rucksack und marschiere querfeldein in die Stadt, um sie am Nachmittag in ihrem Büro zu besuchen, einen Kaffee mit ihr zu trinken und gemeinsam mit ihr nach Hause zu fahren. Das Haus auf der Insel habe ich noch immer gemietet, und ich weiß nie so genau, ob ich im nächsten Monat noch genügend Geld habe, die Miete zu bezahlen. Im letzten Jahr habe ich immer wieder kleine Arbeiten angenommen, in der Stadtbibliothek oder am Hof des Nachbarn, und einmal hatte ich über mehrere Wochen eine Stelle im Kindergarten in Kabelvåg. Gestern hat mich der Personaldienst der Gemeinde angerufen, weil sie mir raten wollten, meine Pensionskassenbeiträge aus der Schweiz hier in Norwegen anzulegen. Als ich diesen Anruf erhielt, begriff ich, dass ich mich entscheiden muss, ob ich hier Fuß fassen will oder nicht. Giske hat mir erzählt, dass man in Stokmarknes einen Psychiater suche, drüben auf einer anderen Insel, ich könnte dort eine kleine Wohnung mieten, und an den Wochenenden wäre ich herzlich willkommen, weiter bei ihr zu leben. Die norwegische Sprache beherrsche ich inzwischen gut genug, ich höre die Zwischentöne heraus, die wahrzunehmen in einem solchen Beruf notwendig sind, und ich weiß, wie die Menschen hier leben, weiß, was ihnen am Herzen liegt, wie es in den Familien zugeht und wie sie ihre Freizeit verbringen. Ich habe mich an den harten dunklen Dialekt hier gewöhnt, und manchmal verfalle ich selbst in diesen kehligen Ton. Es ist auch nicht schwer, mit den Bewohnern hier in ein Gespräch zu kommen, und ein paar Menschen treffe ich regelmäßig, wie Rune, den Bibliothekar, und seine Frau, die mich manchmal in ihr Haus einladen. Mit Peer Haugland, dem Arzt, der oft bei Giske zu Besuch ist, habe ich mich auch angefreundet, und ich schätze es, mich mit ihm über unsere Berufserfahrungen auszutauschen. Helge, einen Fotografen, habe ich angesprochen, als er gerade dabei war, seine Ausstellung im Hafencafé vorzubereiten, weil ich von seinen Aufnahmen ganz in Bann gezogen war, auf denen er die Landschaft und das Licht hier in seinen Extremen einzufangen versucht, in einer Art, wie ich das sonst auf anderen Fotografien nicht gesehen habe. Er hat mich gefragt, ob ich nicht Lust hätte, mit ihm und seiner Frau eine Reise nach Lappland zu unternehmen. Er plante, die Samen zu fotografieren, wenn sie im März ihre Rentierherden von den nördlichen Hochländern in Schweden zu den Weiden ans Meer in der Finnmark treiben. Ein Schauspiel, das er mir in schillernden Farben geschildert hat, wenn die Viehtreiber, gekleidet in der traditionellen Tracht, auf Motorschlitten unterwegs waren. Zunächst wollte ich zusagen und einen Artikel darüber schreiben, vielleicht sollte ich mich in etwas vertiefen, das mit dem Land, in dem ich jetzt lebe, zu tun hat. Doch kurz vor der Abreise bin ich mir unsicher geworden und habe abgesagt.

Ich habe mir vorgenommen, mich betreffend der Stelle in Stokmarknes zu erkundigen. Obwohl ich mir kaum mehr vorstellen kann, in der Psychiatrie zu arbeiten. Lieber würde ich einen anderen Beruf ausüben, einen, der nicht so nah bei der Verzweiflung und den Ausnahmezuständen der Menschen liegt. Ich habe Angst davor, mich wieder in die Nähe des Wahns zu begeben, eine erweiterte Welt, in die ich einzutauchen begann, bevor ich nach Norwegen aufgebrochen bin. Mein Vertrauen in meine Stärke, jemanden in dieser Realität zu halten, ist brüchig geworden. Ich habe hier im Norden wieder mehr Boden unter den Füßen gewonnen und bin mir selbst auf eine andere Art vertrauter geworden, nachdem ich der Stille und der Finsternis standgehalten habe. Doch bevor ich über meinen Beruf nachdenke, muss ich mir Klarheit darüber verschaffen, ob ich hierbleibe oder zurückgehe nach Zürich, oder nach Graz, das ich immer wieder vermisse, oder ob ich einen Neuanfang in einem Ort irgendwo in den Bergen wage, in die es mich immer wieder zieht, wo das kristallene Licht die Felsen mit einer gläsernen Kuppel überzieht und mich in der Welt zu halten vermag, wie ich mich unter Menschen selten gehalten fühle.

Ostnorwegen, Herbst 1955

Das Tor des grünen Hauses mit den vielen Fenstern an der Front zum Wasser geht wie von unsichtbarer Hand geöffnet vor der kleinen Gruppe auf. Fünf Menschen, einer davon trägt einen braunen Koffer. Er hat die Hand auf die Schulter des rothaarigen Mädchens gelegt, dessen Körper in einen braunen Mantel gesteckt ist, der ihm bis zur Mitte der Oberschenkel reicht und den Rockteil des dunkelblauen Wollkleides, das es darunter trägt, teilweise verdeckt.

Der Mann mit dem Koffer war in den letzten Tagen immer wieder zu dem Ehepaar gekommen, wo sie nach ihrer Flucht aus dem Dorf gelandet war. Sie kannte die Frau von zwei Besuchen, zu denen die Pastorsfrau sie mitgenommen hatte, und sie hatte sich das in einem hellen Blau bemalte und unter den Dachrinnen mit weißen Schnitzereien verzierte Haus, in den Straßen hinter dem königlichen Schloss gelegen, gut eingeprägt. Sie war zunächst zum Hafen hinuntergelaufen, der sie schon bei den Stadtbesuchen davor immer angezogen hatte. Die Frau des Pastors wollte nie bis auf die Mole hinausspazieren, und jetzt war es der erste Ort, wo es sie hinzog. Sie würde rechtzeitig am frühen Abend bei Frau Lemvik im blauen Haus ankommen. Sie hatte Angst, wieder zurückgeschickt zu werden, denn sie wusste, Frau Lemvik war überaus korrekt. Ihr Mann arbeitete in einem wichtigen Amt in der Stadt, aber was er genau tat, davon hatte sie keinerlei Vorstellung. Beim letzten Besuch im blauen Haus hatte man sie zum Spielen in den Garten gehen lassen, und die beiden Frauen waren allein im Wohnzimmer, beim Tee in ihre Unterhaltung vertieft, sitzen geblieben. Es war aufgrund des guten Zuredens von Frau Lemvik möglich gewesen, aus dem unmittelbaren Aufsichtsbereich der Pastorsfrau entlassen zu werden. Nachdem sie sich beim unerlaubten Klettern auf eine krumm gewachsene Föhre einen tiefen Kratzer am Oberschenkel geholt hatte, war sie wieder hinauf zur Veranda gelaufen, um aus ihrem Rucksack das gestärkte Taschentuch aus weißem Leinen zu holen, womit sie die unablässig blutende Wunde versorgen konnte. Die Veranda, deren Tür offen stand, war unmittelbar dem Wohnzimmer vorgelagert, und durch die Glasscheiben konnte sie Frau Lemvik sagen hören, dass es die Möglichkeit gäbe, die Kleine zur Entlastung für ein paar Wochen oder Monate ins Haus zu nehmen, es sei nicht anzunehmen, dass es in ihrem Haus solche Probleme geben würde wie draußen am Pastorenhof im Dorf. Nachdem sie den Verband angebracht hatte, den niemand sehen sollte, blieb sie still im Spalt der offenen Verandatür sitzen, von wo aus sie jederzeit ungesehen den Weg in den Garten hätte antreten können, noch bevor sich die Frauen von ihren Sitzen erhoben haben würden. Sie mochte Frau Lemvik vom ersten Moment an und war fasziniert von dem Gedanken, hier bei ihr eine Zeit lang wohnen zu dürfen, mitten in der Stadt, die ihr so gut gefiel, in der sie das erste Mal Menschen und Häuser gesehen hatte, die es auf dem Land nicht gab, Geschäfte mit Auslagen, gefüllt mit Kleidern und vielen anderen Dingen, die ihr äußerst luxuriös erschienen.

Nach dem Gang zur Mole und weiter durch die Stadt, die Karljohannsgate zum Schloss hinauf, war sie dann damit beschäftigt, all ihren Mut zusammenzunehmen, um im blauen Haus um Aufnahme zu bitten. Frau Lemvik sah sie erstaunt an und auch ihr gerade zu Besuch weilender Bruder. Nach einer großen Tasse Kakao und einer Untersuchung ihrer Kratzer, die sie bei ihrem Parcours über die Zäune des Dorfes davongetragen hatte, sagte ihr die mit ernstem Gesicht dreinblickende Frau Lemvik, dass es unerlässlich sei, den Pastor und seine Frau zu verständigen, denn sie würden sich Sorgen machen und auch alles bei der Polizei melden. Sie wären ja verantwortlich für ihre entlaufene Pflegetochter, und wenn sie wirklich nicht mehr zurückwolle, müsse man die Vormundschaftsbehörde verständigen, welche letztendlich das Sagen habe, was weiter mit ihr geschehen solle. Als sie dann am Abend im Bett lag, konnte sie in dem hübschen beige gestrichenen Zimmer mit den zitronengelben schweren Seidenvorhängen kaum die Augen schließen, weil sie enttäuscht war, nicht einfach hierbleiben zu können, bei ihrer Wunschmutter, einer Frau, die sie mit ihren zurückgebundenen weißen Haaren schön fand, deren schlanke Hände sie beim Auftischen der Teetassen betrachtete, weil sie ihr so zart erschienen, und sie hatte es immer genossen, wenn Frau Lemvik ihr die Haare gebürstet hatte.

Bereits am zweiten Tag nach ihrer Flucht tauchte ein Mann von der Behörde auf und redete lange mit Herrn und Frau Lemvik und deren Bruder im Wohnzimmer. Zum letzten Teil des Gespräches wurde sie dazugeholt und erzählte das erste Mal, was sie vorher niemandem erzählt hatte. Sie war vom Pastor immer wieder mit dem Stock auf den nackten Hintern geschlagen worden, wenn sie etwas getan hatte, das ihm oder seiner Frau nicht recht erschienen war, und das konnte vom Nichtessen bis zum versehentlichen Verschütten der Milch, von ihren Schwierigkeiten beim Rechnen bis hin zu einem Streich, bei dem sie die Gänse auf dem Dachboden des Stalles eingesperrt hatte, alles sein. Sie hatte nie genau gewusst, wann es wieder so weit war, und sie könne auch die Striemen von der letzten Woche noch zeigen. Der freundliche Mann schickte sie wieder hinaus, und sie wartete eine Weile vor der Zimmertüre, von der aus sie ein leises Reden dahinter hören konnte, aber sie wollte gar nicht lauschen, sie fühlte sich, nachdem sie das erzählt hatte, unsäglich niedergeschlagen, unter dem Eindruck, etwas preisgegeben zu haben, was man nicht verraten durfte. Es war ihr nicht recht, die Pastorsfrau vor Frau Lemvik bloßzustellen. Sie hatte auch anfänglich versucht ihren Mann an den Schlägen zu hindern, sich dann aber immer mehr zurückgezogen von diesen Szenen, da sie nicht wusste, wie sie eingreifen konnte. Frau Lemvik erwähnte nach dem Gespräch nichts weiter, sie war unverändert freundlich, und nach ein paar Tagen eröffnete sie ihr, dass die Behörden beschlossen hatten, sie müsse vorübergehend in ein Kinderheim, sie dürfe nicht hierbleiben im blauen Haus.

Sie wird zum Tor des großen grün gestrichenen Hauses begleitet. Neben ihr steht der freundliche Mann von der Behörde, der den Koffer mit ihren Habseligkeiten trägt. Frau Lemvik und ihr Bruder halten sich im Hintergrund. Am offenen Tor erblickt sie das erste Mal Frau Erling, eine dickliche Frau mit rosigem Gesicht und kleinen braunen Augen, die sich als die zuständige Betreuerin vorstellt und die Gäste bittet, in einem Warteraum neben dem Eingangstor Platz zu nehmen. Das Mädchen verabschiedet sich am Tor von seiner Begleitung. Frau Lemvik kann sie nicht in die Augen sehen, aus Angst, gleich in Tränen auszubrechen und sie anzuflehen, ob sie nicht bitte wieder mitkommen dürfe. Sie wird von Frau Erling stumm in den zweiten Stock geführt, dort soll sie ihre Sachen in ein Schrankabteil räumen. Außer ihr ist niemand da, die anderen Mädchen sind auf einem Ausflug und würden erst am nächsten Tag zurückkommen. Nachdem Frau Erling die Hausregeln erklärt hat, verlässt sie den Raum.

Das Mädchen setzt sich auf die braune Wolldecke des ihm zugewiesenen Bettes und öffnet versonnen seine Zöpfe. Sie sieht dabei aus dem Fenster, das den Blick auf das graue Meer und die gegenüberliegenden, bereits von Dunkelheit überzogenen Hügel freigibt.

Lofoten, 30. September 2004

Es gibt niemanden, den ich fragen kann, um herauszufinden, was wirklich geschehen war. – Wie war ich denn damals als kleines Mädchen, wie hast du mich gesehen und erlebt? Sag mir doch, wie die alten Pfarrersleute waren, bei denen ich einige Zeit in einem Dorf gelebt habe? Und sag bitte, dass ich nicht so ein schlimmes Kind war, das man in ein Heim für Schwererziehbare in Oslo stecken musste! Sag, dass es ein Irrtum war, als man mich in eine psychiatrische Klinik gebracht hat. Wie wäre es für mich gewesen, wenn sie mir als Kind gesagt hätten, dass mein Vater ein ehrenwerter Mensch war. Dass ihn der Krieg nach Norwegen verschickt hatte und dass er sich hier in ein junges Mädchen auf einem Bauernhof verliebt hatte. Wie wäre es als Kind für mich gewesen, wenn sie mir erzählt hätten, dass er bereits vor Kriegsende aus Norwegen abgezogen worden war. Dass er nie etwas von der Schwangerschaft seiner Geliebten erfuhr.

Seit ich mich mit über fünfzig mit Büchern und Berichten über die Zeit der Besatzung beschäftigt habe, stelle ich mir vieles vor. Vielleicht hätte er den Hof übernehmen können. Oder vielleicht hätte Vater in der Stadt eine Arbeit gefunden. Vielleicht hätte er schnell Norwegisch gelernt. Und vielleicht wäre Mutter glücklich mit ihm geworden. In meinen amtlichen Papieren, die ich mit zweiundzwanzig erhielt, stand Vater – unbekannt, Mutter – unbekannt, Geburtsort – unbekannt. Ich weiß inzwischen mehr. Ich habe jetzt nicht mehr das Gefühl, die Tochter eines Verbrechers zu sein. Manchmal habe ich Sehnsucht nach einem, meinem unbekannten Vater.

Jens und Lene hatten in der Umgebung erzählt, ich stamme aus einer Pflegefamilie aus dem Familienzweig Lenes. Es fragte niemand nach, soweit ich mich daran erinnern kann. Niemand erwähnte meine unklare Herkunft mit einem bösen Wort. Wir wohnten unweit der Karljohannsgate. Dort hatte ich auch wieder Frau Lemvik aufgesucht, die ein paar Straßen weiter wohnte. Aber der Kontakt zu ihr brach bald ab. Lene hatte ihr erzählt, wie es mir in den Jahren im Heim und in der Klinik ergangen war. Vielleicht hatte sie ein schlechtes Gewissen. Ich trug ihr nichts nach, denn sie hatte damals nicht anders handeln können, als mich der Behörde zu melden. Nach anderen Gründen, warum sie mich nicht bei sich im blauen Haus behalten hatte, habe ich sie nicht gefragt. Meine Adoptiveltern waren aufrechte Menschen und hatten mich gern. Als ich mit vierzehn in ihr Haus kam, war ich kein einfaches Mädchen. Vor allem nachdem man mich zuerst in einem Kinderheim und dann in der Psychiatrie eingesperrt hatte. Dort hatte man gemeint, ich sei abnorm veranlagt. Lene hatte von einer befreundeten Ärztin gehört, dass sie ein Mädchen auf der Abteilung habe, das sich weigere, zu seinen ursprünglichen Pflegeeltern zurückzukehren. Anfangs kam Lene in Begleitung von Inger, der jungen Ärztin, zu Besuch in die Klinik. Nach ein paar Wochen kam sie dann allein. Lene war später meine beste Freundin geworden, eine Mutter war sie nicht. Sie starb mit sechsundsechzig Jahren an Lungenkrebs. Jens war selten zu Hause, er verbrachte die meiste Zeit in der Universität an seinem Arbeitsplatz. Ich erinnerte mich gerne an diese ersten Monate. Damals ließ man mich nach einiger Zeit probeweise zu den neuen Eltern ziehen. Die Genehmigung dafür zu erhalten war nicht einfach gewesen. Der Chefarzt hatte davon abzuraten versucht, weil er mich für nicht besserungsfähig hielt. Das hatte Jens und Lene nicht weiter beeindruckt.

Lene war eine groß gewachsene Frau. Sie war stets elegant-leger gekleidet, in knielangen Kleidern, die ihr locker um die Hüften schwangen. Ich habe sie vom ersten Augenblick an gemocht, aber ich habe mir nichts anmerken lassen. Völlig verunsichert traute ich niemandem mehr. Der alte Chefarzt der Klinik war ein Ekel gewesen. Er hatte mich als geistesschwach und minderbegabt eingestuft und sich über meine Haare lustig gemacht. Er meinte, rothaarige Mädchen seien im Mittelalter als Hexen auf dem Scheiterhaufen verbrannt worden. Irgendetwas sei an dieser Vorgehensweise schon richtig gewesen. Er müsse sich nur meine Bösartigkeiten ansehen. Inger hatte einmal erwähnt, er sei einer der führenden Köpfe nach dem Krieg gewesen, der im Auftrag eines Regierungsausschusses Pläne entwickelt hatte, die Deutschenkinder und deren Mütter systematisch psychiatrisch zu untersuchen. Er wollte deren geistige Minderbegabung dokumentieren und damit die Notwendigkeit einer Bevormundung der Kinder und der Trennung von ihren Müttern untermauern. Erst später erfuhr ich, dass man sich in dieser Zeit überlegt hatte, uns Kinder nach Australien zu verschicken.

Bei Lene und Jens erwartete mich ein Haushalt mit einer großen Bücherwand im Wohnzimmer und im Vorraum. Ganz zu schweigen von Jens' Arbeitszimmer, wo auch noch Stapel von Büchern auf dem dicken rotbraunen Teppich aufgetürmt lagen. Ein Alltag, geprägt von wechselnden Besuchern, die ein und aus gingen, und ein Leben in der Stadt in verschiedensten Formen umgab mich. Die Bekannten von Jens erzählten von der Universität, wo er am Institut für Nordische Sprachen arbeitete. Wenn Lenes engste Freundin Marianne zu Besuch war, zeigte sie ihre neuesten handgezeichneten Modeentwürfe. Das alles waren Dinge, mit denen ich vorher nie in Berührung gekommen war. Ich war noch einmal auf die Welt gekommen. Ich hatte frisch beginnen dürfen, und das tat ich auch. Wenn ich es mir im Lesesessel bei Jens gemütlich gemacht hatte, um in seiner Nähe zu sein, schleppte er immer neue Bücher herbei. Er gab mir eine Kurzbeschreibung des Inhaltes, und ich versuchte mir alles zu merken, stellte unablässig Fragen. Ich wollte das Gesehene, Gehörte, Gelesene einordnen können. Und Neues begann sich in Schichten über die Vergangenheit zu legen. Ich wollte Jens und Lene nichts erzählen von den dauernden Verboten zu spielen oder mit anderen Kindern herumzustreifen. Ich wollte nichts von den Schlägen erzählen, für die ich dem Pastor in den Schuppen neben dem Haus folgen und mich nackt ausziehen musste. Und ich wollte auch sonst nichts erzählen aus dieser Zeit.

Ostnorwegen, Herbst 1956

Das kleine Zimmer, in dem fünf Betten dicht aneinandergedrängt stehen, sodass man kaum genügend Raum hat, dazwischen durchzugehen, ist dunkel. Es ist sechs Uhr am Morgen, und am Gang hört man laute klappernde Schritte auf die Tür zugehen, die mit einem Ruck aufgerissen wird. Das Deckenlicht wird eingeschaltet, eine einfache weiße Glaskugel, die den letzten Winkel des Raumes ausleuchtet. Unter braunen Wolldecken lugen die Köpfe verschlafener Mädchen hervor, von denen sich zwei die Augen reiben und versuchen wach zu werden. Im Bett, das am nächsten zum vorhanglosen Fenster steht, sieht man einen roten Zopf unter der Decke hervorschauen, die das Mädchen mit beiden Händen über dem Gesicht festhält.

Das Mädchen ist seit einem Jahr hier in diesem Kinderheim, und sie erwacht wieder einmal auf einem nassen Leintuch, weil sie es nicht rechtzeitig schaffte, ihre Notdurft draußen in der kalten, über dem Hof gelegenen Toilette zu verrichten, deren Geruch nach Urin und Putzmittel ihr jedes Mal Brechreiz verursacht, bereits wenn sie daran denkt, das innen bis in Augenhöhe mit olivgrüner Lackfarbe gestrichene Häuschen betreten zu müssen. Bilder einer Szene, die sich im Sommer dort abgespielt hat, vermischen sich mit den Erinnerungen an die letzte kalte Dusche im Keller des Gebäudes, zu der sie Frau Erling, die Erzieherin, zwang, nachdem sie wieder nach dem Bettnässen ertappt worden war. Sie hatte mithilfe ihrer Bettnachbarin versucht, das nasse Tuch unter dem Bett zu verstecken, in der Hoffnung, es würde dort tagsüber trocknen, während die Mädchen in der Schule saßen. Für die Toiletten gab es einen streng eingeteilten Putzplan. Alle Schülerinnen mussten reihum diesen Dienst einmal im Monat übernehmen, meist zu zweit. Aus irgendeinem Grund war sie an einem Nachmittag alleine dort gestanden, um sich rechtzeitig bei der Erzieherin für die Arbeit zu melden und auf die Ausgabe des Putzeimers, Besens und der Schmierseife zu warten, die sie für diesen Zweck benutzen sollte. Nach einer halben Stunde, in der sie es nicht fertiggebracht hatte, die Schüsseln zu reinigen und den Boden zu schrubben, sondern sich beim Anblick eines mit Blut verschmierten, in einer Ecke stehenden Topfes übergeben musste, kam die Erzieherin herein und sah voll Entsetzen die Bescherung. Zuerst das auf dem Fensterbrett zusammengekrümmt hockende Mädchen, dann den Topf. Sie befahl ihr mit hysterisch krächzender Stimme, sich splitternackt auszuziehen und die von oben bis unten mit Erbrochenem verklebten Kleider auf den Boden zu werfen, um damit die Lache von gelblich-schleimigen

Speiseresten aufzunehmen. Das Mädchen versuchte es unter Tränen, bis es ihm gelang, durch die offen stehende Tür hinter Frau Erling hinauszuschlüpfen, dann ins Haupthaus zu laufen, an den entsetzten Gesichtern der Mitschülerinnen vorbei, die gerade im Pausenhof in Zweierreihen rundum marschierten, hinauf in das Zimmer, das es mit vier anderen teilte. Dort versteckte sie sich im Schrank, eingewickelt in ihren Mantel, den sie vom Kleiderbügel gerissen hatte, bis Frau Erling und der Hauswart, die beide laut rufend und schimpfend das ganze Haus in Aufruhr versetzten, sie aufgestöbert hatten. Sie erinnert sich an die Ohrfeige, die sie erhalten hatte, und an das Wort, mit dem die Erzieherin sie gescholten hatte, Deutschenbastard. Das war das erste Mal, dass sie dieses Wort hörte, und es prägte sich ein.

Das nasse Leintuch bleibt Frau Erling auch diesmal nicht verborgen. Was nachher folgt, ist der übliche Ablauf eines Bestrafungsrituals. Kalt duschen, eingesperrt werden in eine lichtlose niedrige Dachkammer, die Anzahl der Stunden kann dabei variieren zwischen einem halben Tag und einem ganzen Tag. Ein Nachttopf ist dort in einer kleinen Kommode deponiert, die neben der Eingangstüre steht. Ein wenig Helligkeit strömt durch den Spalt am Boden herein, was nach Gewöhnung der Augen an die Dunkelheit den Schrecken der Unendlichkeit nimmt. Das Mädchen erkennt nach einer Zeit die groben Konturen der Matratze am Boden, auf der es sich nach einer Weile ausstreckt und einschläft.

Lofoten, 10. Oktober 2004

Anna hat mich danach gefragt, wie es mir mit der ersten Dunkelzeit hier ergangen ist. Ich hatte den Winter gemeinsam mit meinem Mann in der neuen Umgebung des Hofes überstanden. Damals bemerkte ich mit Fortschreiten der Dunkelheit, wie Trond sich zu verändern begann. Ich wusste nicht mehr, wie ich ihn am Morgen aus dem Bett treiben sollte. Er war immer verschlafen und lustlos. Wenn ich ihn nicht mit irgendwelchen Kleinigkeiten beschäftigte, starrte er nur vor sich hin. Er schien manchmal mit offenen Augen zu schlafen. Der Anblick erschreckte mich, als ich ihn einmal beobachtete, wie er in seiner Ecke auf dem Sofa saß und sich lange nicht rührte. Wir hatten uns auf den Hof und den Norden gefreut. Trond hatte Schafe angeschafft. Er wollte sich in einem bäuerlichen Leben einrichten. Er hatte Talent für vieles und war handwerklich geschickt. Heute weiß ich, dass ich Trond mit meiner Rührung über die Heimkehr angesteckt hatte. Aber meine Freude war nicht seine Freude. Wir bemerkten es erst später. Zunächst waren wir damit beschäftigt gewesen uns einzuleben. Wir mussten uns an die neuen Verhältnisse anpassen. Vielleicht war das für mich einfacher als für ihn. Es ging um meine Herkunft. Viellcicht hatte ich zu viel von ihm verlangt. Nicht dass wir so fixiert gewesen wären auf unser Reihenhaus in Bergen. Wir wollten es ohnehin verkaufen. Die geliebte Aussicht auf den Hafen war zwei Jahre zuvor durch ein neues Wohngebäude vollständig verbaut worden.

Trond war mit zwanzig nach Norwegen gekommen. Er war gebürtiger Engländer und seinem Vater, einem Ingenieur, der nach dem Tod seiner Frau ein neues Leben beginnen wollte, gefolgt. Es war damals einfach, gut bezahlte Arbeit auf einer Ölplattform zu bekommen. Trond hatte vorübergehend auf einem Versorgungsschiff als Hilfskraft angeheuert, um Geld für sein Studium zu verdienen. Er hatte in der Kindheit viele Sommer bei den Großeltern in Fredrikstad verbracht. In den Vierzigerjahren war seine Mutter als junge Frau von Oslo nach Liverpool ausgewandert. Sie hatte dort im Büro einer Reederei eine Anstellung gefunden. Trond studierte nordische Sprachen, bis er mich traf. Nachdem wir sehr schnell unser erstes Kind wollten, arbeitete er zuerst als Angestellter in verschiedenen Museen und später als Reisebegleiter für englische Touristen. In dieser Zeit begann er, fasziniert von der norwegischen Landschaft, zu fotografieren. Nach einigen erfolgreichen Reportagen und Beiträgen in Büchern machte er es zu seinem Beruf. Ein Freund vermittelte ihn an eine Zeitung in Bergen. Trond und ich hatten uns in Oslo auf einer Veranstaltung im Institut von Jens, meinem Adoptivvater kennen gelernt. Ein paar Wochen später besuchten wir ein Geburtstagsfest eines Freundes, wo wir dann Peer Haugland zum ersten Mal trafen. Er ist mir inzwischen hier auf den Lofoten zu einem unerwartet wichtigen Freund geworden.

Peer Haugland hat Trond und mir den Anfang hier in dieser Gegend leichter gemacht. Er erzählte uns von den Leuten der Umgebung, von den Geschichten, die jedem Haus hier um die Bucht nachgesagt wurden. Er schien alles zu wissen. Das meiste hatte er von seinem Vater überliefert bekommen, der vor und nach dem Krieg hier als Lehrer gearbeitet hatte und während der deutschen Besatzung zu Zwangsarbeit verurteilt war. Er hatte sich gemeinsam mit einigen anderen Kollegen geweigert, das von den Deutschen vorgeschriebene Unterrichtsmaterial zu verwenden. Als wir Peer in Oslo kennen lernten, arbeitete er gerade in einem psychiatrischen Krankenhaus. Er erzählte mir, dass er eine Praxis im Norden Norwegens übernehmen werde. Dort, wo er geboren war, auf den Lofoten. Er wollte als Allgemeinpraktiker auch etwas von Psychiatrie verstehen. Peer erzählte, er hätte vor dieser Art von Erkrankungen enorme Angst. Ein Nachbar hätte, als er selbst gerade in die Schule gekommen war, seinen Hof in manischem Irrsinn angezündet. Brüllend vor Lachen sei er danebengestanden, als die Gebäude abbrannten. Zunächst war ich ihm etwas zurückhaltend begegnet. Meine eigenen Erfahrungen mit der Psychiatrie während meiner Jugend machten mich vorsichtig. Es dauerte eine Weile, bis ich ihm davon erzählte und davon, dass ich nicht besonders gut auf dieses Thema zu sprechen sei. Doch ich fand Peer auf Anhieb sympathisch. Ich erzählte ihm von meiner unklaren Herkunft als Deutschenkind, und er ermunterte mich, nach meinen Wurzeln zu suchen. Nach ein paar Briefwechseln war der Kontakt zu ihm nach einer Zeit abgebrochen. Bei meinem ersten Lofotenaufenthalt habe ich ihn angerufen, und wir trafen uns in Svolvær. Wir verabschiedeten uns mit dem Versprechen, den Kontakt nicht mehr abreißen zu lassen. Als Mutter dann ernsthaft krank wurde, bat ich ihn mit ihrem Einverständnis, ihre Betreuung zu übernehmen. Seither hat sich eine Freundschaft zwischen uns entwickelt. Er ist der einzige Einheimische, mit dem ich ungeniert über meine Vergangenheit reden kann.

Zur Zeit, als ich ihn in Oslo traf, war ich gerade in einem Kinderheim angestellt. Es war für mich eine gute Arbeit. Ich fühlte mich wohl dort, hatte das Gefühl, für diese Tätigkeit berufen zu sein, und arbeitete bis zum Umfallen. Ich wollte allen Kindern gerecht werden. Nach den Jahren bei meinen Adoptiveltern Jens und Lene in Oslo hatte ich mich zu einer selbstständigen jungen Frau entwickelt. Doch seit ich dort ausgezogen war, hatte ich unmerklich angefangen zu trinken. An den Abenden konnte ich gar nicht mehr abschalten, so sehr war ich mit dem Geschehen des Tages beschäftigt. Ich hinterfragte mich immer wieder, ob ich wohl als Kindergärtnerin genügen könnte. Mit der Zeit wollte ich mehr tun, als lediglich Kinder zu pflegen. Ich wollte eine viel größere Anzahl von Menschen erreichen und begann in meiner Freizeit mit einer Ausbildung in Journalismus. Diese Entscheidung brachte mich dann ganz auf ein schiefes Geleis. Ich schlief kaum mehr, schrieb einen Artikel nach dem anderen über Schulmodelle und Missstände in der Erziehung und griff immer öfter zum Alkohol. Jens und Lene waren von meinem Engagement begeistert. Aber ich bemerkte auch den sorgenvollen Ausdruck in Lenes Mienenspiel, als sie einmal bei mir zu Besuch war, und die Whisky- und Aquavitflaschen im Abstellraum entdeckte. Dann traf ich Trond, und im Lauf der Jahre kamen Ole, Ingvild und Ragnhild auf die Welt. Ich hatte während der ersten Schwangerschaft mit dem Trinken aufgehört, und eine Zeit ging es mir richtig gut. Ich war mit einem Mal so etwas wie geborgen.

Als die erste gemeinsam erlebte Dunkelzeit hier mit Trond zu Ende ging, waren wir mit Langlaufskiern auf einen Hügel in der Bucht gewandert. Die langen Nächte hatten uns in den Januartagen nach dem Jahreswechsel schwer zu schaffen gemacht. Wir waren immer stiller geworden. Trond hatte Beruhigungsmittel zu schlucken begonnen und wirkte die meiste Zeit abwesend. Es war eiskalt gewesen. Trond beschäftigte sich mit seiner Kameraausrüstung, die er mit klammen Fingern in die richtige Position zu bringen versuchte. Es kam mir vor, als ob er unendlich langsam geworden war in seinen Bewegungen. Langsamer, als ich es in solchen Dingen von ihm gewohnt war. Plötzlich schossen Strahlen von hellstem Sonnenlicht empor. Ich bildete mir ein, die Wärme zu spüren, die mir in den letzten Wochen an Tronds Seite gefehlt hatte. Ich wollte auf ihn zustürzen, um ihn fest zu umarmen. Er war bereits über sein Stativ gebeugt und drängte meinen ausgestreckten Arm zur Seite. Er wollte sich auf den Lichtball konzentrieren und ein gutes Bild zustande bringen. Was damals passierte, ahnte ich im selben Moment. Wir waren einzeln die letzte Wegstrecke gegangen in den vergangenen Wochen der Finsternis und hatten unmerklich andere Richtungen eingeschlagen. Er, nach Süden gerichtet. Ich, hier gebunden an den Hof, gewillt standzuhalten. Wie ein Kind begann ich auf einmal zu reden. Als hätte das Licht meine Zunge gelöst, und beschrieb alles, was ich sah. Das war ein paar Monate bevor er endgültig nach Bergen zog. Wir beschlossen gemeinsam, Trond sollte dort seine alte Stelle als Fotograf wieder antreten, bevor er hier immer tiefer in den Trübsinn und die Finsternis abgleiten würde.

Ostnorwegen, Sommer 1957

Die kalkgetünchte Wand neben dem Bett des Mädchens ist mit roten Schlieren verschmiert, die bereits an den Rändern bräunlich zu trocknen beginnen.

Sie sitzt seit ein paar Minuten reglos auf der Schafwolldecke und betrachtet ihre verschmierten Finger. Die Handgelenke sind von der Schere zerritzt, mit der sie versucht hatte, eine Ader unter der Haut zu erwischen und sie aufzuschneiden, was ihr jedoch nicht gelingen wollte. Sie konnte den Schmerz nicht aushalten, den zu überwinden notwendig gewesen wäre, um mit dem spitzen Metall noch weiter unter die Oberfläche zu gelangen. Sie sitzt da und schmiert das langsam aus den Wunden sickernde Blut mit der rechten Hand auf die raue Wand, und diese Bewegung des meanderförmigen Auftragens der roten Farbe auf die weiße Fläche beruhigt sie, und sie weiß, dass sie bald wieder fähig sein muss, in den Speisesaal hinunterzugehen, wo Frau Erling sie längst vermissen würde und sicherlich bald aufbricht, um nach ihr zu suchen. Am Morgen waren alle zusammen zum Turnsaal geführt worden. Ohne vorherige Ankündigung holte man sie aus den vier Klassenzimmern des Schultraktes, der zum Kinderheim gehörte. Ein Arzt sollte alle Zöglinge untersuchen. Sie hatte keine Ahnung, was auf sie zukommen würde, und stand schüchtern in Unterhemd und Unterhosen in der Reihe hinter den anderen Mädchen, die aufgeregt miteinander schnatterten und sich gegenseitig wegen ihrer zu kurzen Beine oder den blassen Oberschenkeln, die man sonst ausnahmsweise im Turnunterricht zu sehen bekam, lustig machten. Es war kalt am Gang, sie waren viel zu früh aus den Klassenzimmern geholt worden, hatten ihre Kleidung im Turnsaal deponiert und standen vor der Türe, die auf und zu ging und unterschiedlich lange hinter jedem Mädchen verschlossen blieb. Das anfängliche fröhliche Tuscheln und Gekicher legte sich bald, nachdem Frau Erling mit erhobener Stimme sie zur Disziplin ermahnt hatte. Die meisten standen mit abwesendem Blick an die Wand des Korridors gelehnt in der Reihe. Sie begann am ganzen Körper zu zittern und hatte auch Angst, sich vor Anspannung und Aufregung in die Hosen zu machen, und presste ihre überkreuzten Beine fest aneinander. Als nach einer langen Zeit die Türe vor ihr aufging, trat sie ins Zimmer des Arztes, welcher sie zunächst das Unterhemd ausziehen hieß, was sie widerstrebend ausführte. Er hörte ihren Brustkorb ab, dann befahl er ihr, die Unterhose abzustreifen und sich auf die Untersuchungspritsche zu legen, damit er auch die Geschlechtsteile inspizieren konnte, was er ihr auch abwesend erklärte, nachdem er sie gefragt hatte, ob sie bereits die Monatsblutung habe. Sie saß mit eng um die Brust geschlungenen Armen auf dem Holzstuhl neben seinem Schreibtisch und rührte sich nicht, starr und taub vor Angst, und erst als er von seinem Notizblatt aufsah und ihre Verweigerung bemerkte, stammelte sie ein leises – bitte nicht – mit gesenktem Kopf in seine Richtung. Als sie sich weiterhin nicht bewegte, obwohl er unter gutem Zureden versuchte ihr zu erklären, dass es notwendig sei, den ganzen Körper zu untersuchen, ließ er sie in dieser Haltung sitzen und verließ den Raum, um einige Minuten später mit Frau Erling aufzutauchen, die das Mädchen an den Schultern hochzerrte und zur Liege führte, wo sie ihr die Beine auseinanderspreizte, nachdem sie ihr die Unterhose mit einem Ruck über die Knie gestreift hatte. Das Mädchen wehrte sich nicht weiter, blieb starr liegen und ließ die Prozedur der Inspektion über sich ergehen. Der Arzt untersuchte sie rasch und bemerkte erstaunt zu Frau Erling, dass das Mädchen keine Jungfrau mehr war. Frau Erling stand zunächst sprachlos daneben und gab dann mit scharfem Befehlston dem Mädchen zu verstehen, es solle sich anziehen und nach dem Mittagessen zu ihr ins Büro kommen.

Lofoten, 20. Oktober 2004

Anna ist seit zwei Tagen nicht mehr ins Haus gekommen. Sie hat mich gebeten, Jon mitnehmen zu dürfen. Sie wollte zu ihrem Haus im Fjord. Ohne sie ist es sehr still hier. Ich habe mich daran gewöhnt, dass sie sich im Haus herumtreibt oder mit etwas im Geräteschuppen oder Garten beschäftigt ist. Sie hat auch die Obhut über das Glashaus übernommen, das ich zwischen dem Stall auf der einen und dem Haupthaus auf der anderen Seite habe bauen lassen. Ich wollte nicht länger das pappendeckelartige Gemüse aus dem Supermarkt kaufen. Alles von dort schmeckt gleich langweilig. Selbst die grüne Farbe vermochte kaum an die Zugehörigkeit zur Pflanzenwelt zu erinnern. Ich wollte meine Gewürze und meinen Feldsalat selbst ziehen. Große Treibhäuser schießen an den unterschiedlichsten Ecken Norwegens aus dem Boden. Zwei, drei oder mehrere nebeneinander. Platz spielt keine Rolle, es muss nur genügend ebener Boden zwischen den Felsenrücken und den Sumpfwiesen geschaffen werden. Als ich das erste Mal als Erwachsene in den Norden Norwegens reiste, war ich überrascht, hier diese in der Dämmerung leuchtenden Quader mit ihren spitzen Dächern zu sehen. Sie erweckten in mir den Eindruck, in einer Satellitensiedlung auf einem anderen Planeten gelandet zu sein. Die letzten zwei Jahre hatte ich wenig Erfolg mit meinen Anbauversuchen gehabt. Ich war erleichtert, als Anna sich dieser Aufgabe annahm, kaum dass sie die ersten Wochenenden bei mir verbracht hatte. Sie ließ neue Erde herbeischaffen und begann eine Bewässerung zu verlegen. Sie las Bücher über Glashausgärtnerei und bestellte einen Pflanzkalender. Sie wollte den richtigen Zeitpunkt für das Säen und Setzen kennen. Sie wollte ihn nach den Sternenkonstellationen und Mondphasen ausrichten. Praktische Erfahrungen hatte sie von zu Hause mitgebracht. Ihre Mutter hatte den Sommer im Garten verbracht und sie die Namen der Pflanzen gelehrt. Es versetzte mich in Erstaunen, wie sich Anna mit den Bedingungen des Glashauses zurechtfand. Ich genoss die Karotten und roten Rüben, die sie mir zum Kochen, in einer Schale frisch geputzt, auf den Küchentisch stellte. Der Gedanke an Annas Verschwinden aus meinem Alltag beginnt mich zu bedrücken. Ich ahne schon seit einiger Zeit, dass sie sich den Kopf darüber zerbricht, wie sie ihr Leben weiter gestalten soll. Dieses vertraute Nebeneinander kann nicht ewig dauern. Ich habe ihr gesagt, es wäre für mich kein Problem, einen Teil ihres Unterhaltes zu finanzieren. Zumindest so lange, bis sie wüsste, welche Arbeit ihr am ehesten zusagen würde. Ich habe sogar an meinem Arbeitsplatz in der Redaktion gefragt, ob sie eine Stelle frei hätten. Bis jetzt habe ich noch keine Zusage bekommen.

Als würde Anna in Zukunft ganz selbstverständlich zum Haushalt gehören, habe ich neue Bettwäsche bestellt. Für mich hätten zwei Garnituren zum Wechseln genügt, aber ich kaufte vier. Ich neige in solchen Angelegenheiten zur Großzügigkeit, seit ich es mir leisten kann. Vielleicht ist es auch Pragmatismus. Wenn mir etwas gefällt und ich von der Qualität eines Gegenstandes überzeugt bin, kaufe ich immer mehrere Exemplare. Diesen Hang zur Zwanghaftigkeit war auch Peer Haugland aufgefallen. Er riet mir, etwas dagegen zu tun. Er sagte, ich würde mich von diesen Mustern und Riten, die meine Lebensangst in Schach hielten, dominieren lassen. Eine Aussage, die mich traf. Ich nahm mir vor, mich das nächste Mal besser zu beobachten. Ich spreche Peer immer auf seine Rauch- und Trinkgewohnheiten an, was er mit einem Hinweis auf seinen Stress als Arzt begründet. In meinem Eifer um Anna habe ich auch neues Besteck gekauft. Sie findet die alten Silbergabeln zwar hübsch, aber der Geschmack des Metalls stört sie. Anfangs hatte mich diese Feststellung einen kurzen Moment lang geärgert. Ohne Anna davon zu erzählen, bestellte ich etwas Neues, zwölffach, nicht, wie ich es sonst auf meinen eigenen Bedarf beschränkt hätte, sechsfach.

Das Tafelsilber meiner Mutter hatte ich gleich nach dem Einzug hier ins Haus zum täglichen Gebrauch in der Küchenschublade eingeordnet. In jedem norwegischen Haushalt wurde Silber gehortet und ausnahmsweise zu Festessen hervorgeholt. Anschließend musste es geputzt und poliert auf unbestimmte Zeit wieder in einer Wohnzimmerkommode verschwinden. Das war mir zuwider. Ich hatte etwas nachzuholen gehabt und musste so lange tagtäglich mit dem Silber herumhantieren, bis ich mich endlich daran sattgesehen hatte. Bis das Besteck abgeschabt und mit Kratzern überzogen seiner scheinbaren Heiligkeit entrissen war. Als Kind, in einem Heim aufgewachsen, hatte mir nie etwas gehört, außer der alten Zahnbürste und den abgetragenen Schuhen. Ich wusste manchmal nicht, ob nach dem nächsten Waschtag der bequeme Rock und die hübsche hellblaue Bluse einem anderen Mädchen mit derselben Kleidergröße zugeteilt werden würde. Die Kleider immer neu zu verteilen hatte System. Was das Tafelsilber betraf, verzieh ich mir meinen anfänglichen Besitzerstolz.

Ich habe Anna gerne um mich. Ich mag ihren Tonfall, der manchmal von der üblichen Melodie des Norwegischen abweicht. Es ist zu früh für mich, wenn sie jetzt geht. Seit Lenes Tod habe ich zu Frauen eher Distanz gehalten. Ich habe die Freundschaft zu Männern vorgezogen. Ich bildete mir ein, eher zu wissen, wie sie funktionierten. Und wusste, dass ich mich nicht so intensiv mit ihnen auseinandersetzen musste, nachdem einmal die Grenzen klar gezogen waren. Es hat in meinem Leben wenige Männer gegeben, in die ich mich hätte verlieben können. Mit denen ich mir vorstellen konnte, das Bett zu teilen. Ich wollte sie nicht so nahe an mich heranlassen, dass sie mich verletzen konnten. Sie haben mich in meiner Kindheit zu sehr gequält. Manchmal fallen mir die Grimassen des alten Hauswarts im Heim ein. Er versuchte ständig, mich von den anderen zu isolieren und zu umarmen, wenn ich nicht rechtzeitig flüchtete. Es quält mich immer wieder, weil ich mich nicht erinnern kann, ob er mich mehr als das eine Mal im Hinterhof betatscht hat oder ob mehr geschehen ist als in dieser Situation. Mir wird heute noch übel, wenn ich an seine großen Hände denke. An die Haare auf seinen Handrücken, und an seinen säuerlichen Atem. Wie alt ich damals war. Vielleicht zehn oder elf. Er wurde irgendwann entlassen. Danach hatte ich meine Ruhe, bis ich in der psychiatrischen Klinik aufgenommen wurde. Dort war es ein junger Pfleger, der es nicht lassen konnte, mir jedes Mal wie unabsichtlich über die Brustwarzen zu streichen, wenn er mich mit den Gurten festschnallte. Einmal, nachdem ich mich heftig der Zwangsfütterung widersetzt hatte, war ich von einigen Pflegerinnen ausgezogen worden bis auf die Unterhose. Ich musste die ganze Nacht, obwohl mir kalt war, ohne Decke, ans Bett gefesselt, verbringen. Dieser Pfleger hatte Nachtdienst, und nachdem sie mir ein Beruhigungsmittel verabreicht hatten, erwachte ich erst am nächsten Morgen. Ich war am Bauch und an der Scham mit Kratzspuren übersäht, die ich mir nicht erklären konnte.

Längst hätte ich mich nach einer neuen Beziehung umsehen können. Es interessierte mich wenig, wenn ich bemerkte, dass ich einem Mann zu gefallen schien. Ich hatte meine Familie, meine Ehe gehabt. Dies war mir nach den Jahren des Gefühls, nirgends richtig dazuzugehören, wichtig gewesen. Ich war ein Kind ohne Vater, ohne Mutter, ohne Geschwister, ohne irgendjemand, der zu mir gehörte bis ans Ende meines Lebens. Und wenn ich noch einmal beginnen könnte, würde ich wieder einen Mann wie Trond suchen. Er war stark und geradlinig genug, mich auszuhalten. Er nahm meine ganzen Empfindsamkeiten, meine immer wieder aus heiterem Himmel auftretenden Kopfschmerzen, Bauchkrämpfe, die mich plagten, ernst. Ich würde wieder meinen Mann aussuchen und mit ihm eine Familie gründen, die meine eigene Familie war und die mir niemand mehr wegnehmen würde können. – Blut ist dicker als Wasser – hatte mir meine Mutter beim ersten Besuch gesagt. Ich muss am Anfang unserer Ehe schwer zu ertragen gewesen sein. Ich litt unter ständiger Anspannung und war dauernd beschäftigt mit meinem Körper. Alles Schatten aus meiner Kindheit. Schatten der Unsicherheiten, der Brutalität, der Gewalt und Willkür, der ich ausgeliefert gewesen war. Die Stockhiebe auf den nackten Hintern beim Pastorenehepaar, die Seifenzäpfchen im After, die sie mir im Kinderheim verpasst hatten, wenn ich tagelang nicht auf der Toilette gewesen war, wecken in mir heute noch ein beklemmendes Gefühl des Ausgeliefertseins. Auch die Wasserklistiere, die mir eine alte Pflegerin immer wieder unter Zwang verpasst hatte, wenn ich vor lauter Bauchschmerzen nicht mehr sitzen konnte, weil der Stuhlgang hart wie Stein war. Dann der Fütterungszwang in der Klinik, als ich nicht mehr essen wollte. Alles Risse in meiner Körperkontrolle, derer sich andere auf rücksichtslose Art bemächtigt hatten. Alles unter dem Vorwand, für mich zu sorgen. Trond hatte in der ersten Zeit der Verliebtheit alles ertragen. Er hatte sich auch später damit abgefunden, dass wir nicht mehr im selben Bett schliefen. Er hatte nichts dazu gesagt. Vielleicht hatte ihn das alles mehr belastet, als er mir eingestehen mochte. Als er ein Jahr nachdem wir den Hof hier bezogen hatten, zurück nach Bergen ging, war ich zunächst wegen dieses Entschlusses, den ich selbst unterstützt hatte, schockiert, aber dann auch erleichtert. Wir haben in den letzten Wochen oft am Telefon über unsere Lebenswege geredet. Inzwischen akzeptieren wir die Situation, wie sie ist, ohne zu hadern. Es ist Freundschaft, auch wenn wir uns selten sehen. Ich habe mich nach der Trennung mit mir allein zurechtgefunden. Es hat Vorteile, wenn man auf niemanden Rücksicht nehmen muss und dem eigenen Tempo nachgehen kann. Ich hätte Trond nicht halten wollen, und ich empfand sein neues Leben nicht als Verrat. So wie er es nicht als Verrat empfinden sollte, wenn ich mich dafür entschieden hatte, an dem Ort zu bleiben, an dem ich geboren worden war und den ich ein Leben lang gesucht hatte.

Ostnorwegen, Sommer 1957

Dem Mädchen gegenüber sitzt ein Mann im weißen Kittel, der vor sich eine aufgeschlagene Mappe liegen hat und immer wieder vom Blatt, auf das er seinen Blick heftet, aufsieht und ihm Fragen stellt, um anschließend mit einem dunkelbraunen Bleistift Notizen auf das Papier zu kritzeln. Das Mädchen steht zwei Schritte weit weg vom Rand des Schreibtisches, hinter dem sich der Arzt mit seinem mächtig wirkenden Oberkörper platziert hat.

Sie ist allein mit dem Mann im Zimmer. Die Schwester, die ihr vorher freundlich zugezwinkert hatte, war auf Anweisung des Arztes aus dem Raum gegangen. Die Pausen zwischen den Fragen erscheinen ihr quälend lang, was sie nach anfänglicher Unsicherheit auf die Idee bringt, sich in kleinen Schritten, die er nicht bemerken soll, dem Fenster auf ihrer linken Seite zuzuwenden, das die Aussicht auf das strahlendblau leuchtende Wasser des Fjords und die ihn begrenzenden flachen Felsformationen freigibt. Sie will dem Arzt nicht sagen, warum sie sich im Kinderheim die Adern aufgeschnitten hatte und warum sie vom Baum gesprungen war, ansatzlos, nachdem man versucht hatte, sie mit Gewalt herunterzuholen, was sie, wie eine flüchtende Katze, immer weiter ins Geäst getrieben hatte, von dem aus sie sich dann, als Frau Erling schon die Verfolgung aufgegeben hatte, fallen ließ, vielleicht in der Hoffnung, fliegen zu können wie die Vögel, denen sie immer mit langen Blicken von ihrer Schulbank aus hinterhersah, wenn sie sich von einem Ast in den Himmel erhoben, mühelos. Vielleicht würde sich ein schwarzes Loch auftun, das sie verschluckte und sich hinter ihr wieder schlösse. Niemand aus dem Heim könnte ihr dann folgen, weder Frau Erling noch der Hauswart, noch die Mädchen, deren Quälereien sie inzwischen ausgesetzt war, nachdem sie alle mitbekommen hatten, dass sie als Deutschenbalg beschimpft worden war.

Ihre Bettnachbarin Ruth, die ihr anfänglich geholfen und sie vor Frau Erling in Schutz genommen hatte, war von einem Tag auf den anderen wie verändert und mied ihre Gesellschaft, sie sprach nicht mehr mit ihr auf dem Pausenhof oder im Zimmer, schnitt sie bei Tisch, wenn es darum ging, das Essen gerecht unter den Mädchen aus der großen, in die Mitte gestellten Schüssel zu verteilen, so als müsste Ruth im Nachhinein beweisen, dass sie nie auf ihrer Seite gestanden hatte. Sie hatte Ruth darauf anzusprechen versucht, hatte sie gebeten, ihr zu sagen, was sie falsch gemacht habe oder was sie tun müsse, damit sie endlich den Mund aufmachen würde. Es kam nur ein

Achselzucken, sie kehrte ihr den Rücken zu oder blickte zur Seite und sagte kein Wort. Dieses Schweigen war zuletzt unerträglich geworden. Sie hätte vieles dafür getan, um wieder mit Ruth lachen und kichern zu können, wie zu Beginn ihrer Zeit im Heim. Sie war ihre erste Freundin gewesen, und es hatte sich gut angefühlt, so vertraut und nah mit jemandem zu sein. Ruth und sie waren, wenn es dunkel war und die anderen schon schliefen, manchmal gemeinsam unter eine Decke gekrochen, um noch weiterflüstern zu können, oder hatten sich einfach schweigend an der Hand gehalten, und die Welt rundum, das vorhanglose Zimmer, war nicht mehr abweisend, der drohende Weckruf am nächsten Morgen wurde nicht mehr mit Schrecken von ihr erwartet, sondern sie freute sich, mit ihrer Freundin den Tag verbringen zu können. Diesen Arzt geht das alles nichts an. Sie will nichts sagen, nichts von sich, nichts von Ruth. Der Arzt fragt nach dem Datum, danach, wie spät es ist, lässt sie von hundert immer weiter die Zahl sieben subtrahieren, fragt sie über ihre Familie, worauf sie nichts antworten kann, außer dass sie zum Pastor und seiner Frau nicht mehr zurückwolle, während sie den Blick ausweichend zu Boden senkt. Nachdem er eine Reihe von Notizen gemacht hat, steht er plötzlich von seinem Stuhl auf und sagt, sie solle hier stehen bleiben und sich nicht von der Stelle rühren. Er verschwindet durch die grau gestrichene Türe, die in ein anderes Zimmer führt. Nach einer Zeit beginnen ihre Beine wehzutun, sie hat keine Ahnung wie viel Zeit vergangen ist, und sie setzt sich auf den Holzboden, als er plötzlich wieder im Zimmer steht mit einer graubraunen Papiermappe in Händen. Er befiehlt ihr sofort aufzustehen und sich anständig zu benehmen. Sie hört die Sätze des Arztes, sie habe es wohl nicht verdient, zum Pastorenehepaar zurückzukehren, und obendrein wären diese auch nicht mehr bereit, sie aufzunehmen, er habe einen Brief des Pastors bekommen, der einiges über ihr früheres Verhalten beinhalten würde, und dieses sei eine Zumutung. Im Übrigen sei das bei einer solchen Herkunft wie der ihren nicht weiter verwunderlich, und sie hätte sich glücklich schätzen können, dass überhaupt ein Ehepaar bereit gewesen war, sie so lange Zeit bei sich zu beherbergen. So ein Deutschenbalg sei wohl in einem strengen Kinderheim oder an einem Ort wie dieser abgelegenen Klinik besser aufgehoben, damit man es unter Beobachtung hätte.

Lofoten, 6. November 2004

Ich habe mich für ein paar Tage in das Haus auf der kleinen Insel im Fjord zurückgezogen und begonnen, meine restlichen Sachen zu packen. Die karge Umgebung hier ist mir fremd geworden, seit ich die meiste Zeit der letzten Monate auf Giskes Hof verbracht habe. Ich bin dabei, ein Zimmer nach dem anderen auszuräumen und mich von meiner Bleibe, die mir ein wichtiger Zufluchtsort im ersten Winter im Norden war, in Ruhe zu verabschieden. Die Bilder vom Nordlicht nehme ich behutsam von der Wand, verstaue sie in einer Mappe und lege sie zuunterst in eine große Kiste. Meine Bewegungen sind träge, und ich sehe in den Pausen gedankenverloren zum Fenster auf das Meer und Festland hinaus. Ich habe mir vorgenommen, mich in den nächsten Tagen zu entscheiden, ob ich hier in Norwegen bleibe oder nicht, doch fällt es mir schwer, eine klare Ordnung in meine wirren, hin und her wabernden Gedanken zu bringen.

Manchmal habe ich die Geschichte Magdas vor Augen, die Tochter unserer Nachbarin aus meinen Kindertagen, die mit dreißig Jahren nach Amerika auswanderte, um ihren Ehemann zu begleiten, der dort als Spezialist für Stahlwalzanlagen eine Anstellung fand. Ich erinnere mich an ihre regelmäßigen Besuche bei ihrer alleinstehenden Mutter, die sie sehnsüchtig erwartete. Magdas Mann ist kurz nach der Pensionierung gestorben, und die Rente, die sie bekam, war nicht ausreichend, um weiterhin jedes Jahr zurückzukehren in die Heimat. Sie lebte in einem Vorort irgendwo in New Jersey, in einer Umgebung ehemals hübscher Einfamilienhäuser, an denen eine gewisse Verwahrlosung und ein Verfall inzwischen nicht wegzuleugnen war. Die Nachbarschaft bestand aus Schwarzen, die sich ein Haus nach dem anderen zu niedrigen Preisen leisten konnten. Als ich sie bei ihrem letzten Besuch traf, wusste sie nicht, ob sie demnächst in ein Altersheim umziehen sollte, wo sie keinerlei Freiheiten mehr genießen würde, auch keine Veranda zur Verfügung hätte, die sie, solange sie noch einigermaßen gesund und bei Kräften war, mit einer Unmenge von Blumen bepflanzte. Dort im Heim würde man gehalten wie ein Huhn in einem Käfig, könne kaum auf die Straße, die eine der meistbefahrenen im ganzen Stadtbezirk war, und die Zimmer seien doppelt belegt, wenn man nicht genügend Geld gespart hatte, um sich ein Apartment oder wenigstens ein Einzelzimmer leisten zu können.

Wir waren damals nach dem Begräbnis ihrer Mutter beim Leichenschmaus gesessen, und sie hatte Fotografien dabei. Die Schonungslosigkeit sich selbst gegenüber, mit der sie eine nach der anderen auf den Tisch legte, beeindruckte mich tief. Auf den ersten Bildern das Haus vor vierzig Jahren, ein schmucker zweistöckiger weißer Holzbau mit vorgelagerter Veranda, zu der eine Freitreppe mit geschnitztem Geländer hinaufführt. Vor der Eingangstüre Magda und ihr Mann, die Gesichter im Besitzerstolz leuchtend, eine Perlenkette ziert ihren Hals, die Frisur ist dauerwellengelockt nach hinten toupiert, die Lippen sind auffallend rot geschminkt, die Brillen mandelförmig nach außen spitz zulaufend. – Unser eigenes Heim – prangt mit Schönschrift festgehalten auf der Rückseite, die mir ins Auge fiel, während Magda die nächsten Bilder aus dem Briefumschlag zog. Die durch einen Supermarkt verbaute Aussicht auf die Stadt, vom Wohnzimmer aus, die mit Pflanzen überstellte Veranda, deren weiße Farbe abgeblättert noch in Restschichten an den Wänden klebt, das Geländer mit ausgebrochenen Schnitzereien ist auf einer Seite der Treppe abgenommen und neben dem Aufgang in der Weise platziert, als warte es darauf, dass der angekündigte Tischler es jeden Augenblick zur Reparatur abholen würde. Ein Bild von einer der ersten Überfahrten nach Europa an Deck eines großen Schiffes, beide an die Reling gelehnt, den Wind in den Haaren, mit strahlendem Lächeln blicken die Profile in die Ferne, der Titel auf der Rückseite verrät das Datum, 1963, – Unterwegs nach Europa –. Magda liegt inzwischen in Amerika begraben. Wer hat ihre Bilder noch betrachtet, nachdem ihr Haushalt aufgelöst worden war?

Wenn ich mir vorstelle, was von diesem Traum von der Fremde übrig war, zweifle ich an der Richtigkeit, in Norwegen zu bleiben und mir hier ein neues Leben aufzubauen. Ich versuche mir ein Bild von mir selbst in dreißig Jahren zu machen, ein Bild von mir als alte Frau, die sich von ihrer Herkunft verabschiedet hat und kinderlos in einem ihr ursprünglich fremden Land allein in einem Haus lebt und versucht, sich so lange in ihren vier Wänden zu halten, wie es der Körper zulässt, weil sie nicht ins Altersheim möchte, weil sie die Gesellschaft von anderen Alten nicht ertragen kann, wenn sie bereits begonnen haben, ihr Gedächtnis zu verlieren, und nach und nach in Demenz fallen, langsam vor sich hin sabbernd und siechend immer ein Drohbild des eigenen Zerfalls darstellend, gegen den man sich mit aller Kraft zu wappnen sucht und ihn hintan halten möchte mit täglichen Spaziergängen, die einem immer mühsamer werden, oder mit Gymnastikübungen, die einem die Beweglichkeit garantieren, falls man bei Glatteis einmal darauf angewiesen sein sollte, ein gutes Gleichgewichtsgefühl zu haben, das einen davor bewahren könnte, die Glieder zu brechen, was bei langem Liegen im Krankenhaus unweigerlich den Tod durch eine schwere Lungenentzündung bedeuten könnte. Würde man dann die Sehnsucht nach dem Ort seiner Herkunft verlieren. Wie ist es, wenn sich niemand in meiner Umgebung eine Vorstellung davon machen kann, wo und wie ich aufgewachsen bin, wie meine Sprache, die ich zu Hause gesprochen habe, klingt, was für Lieder ich als Kind gemeinsam mit meiner Mutter im Advent gesungen habe. Es würde niemanden mehr geben, den ich als Zeugen meiner Kindheit hätte aufrufen können. Es würde keinerlei Möglichkeiten geben mit jemandem ein – Weißt du noch? – auszutauschen und sich gegenseitig irgendwelche Erinnerungen zu erzählen, mit denen man sich den inzwischen durch die eingeschränkte Beweglichkeit im Alter etwas eintönigen Alltag bereichern könnte und sich gleichzeitig nicht abgeschnitten fühlen müsste von der alten Welt. Als junge Frau habe ich mich solche Dinge nicht gefragt, inzwischen ist das anders, und vielleicht ist es auch zum ersten Mal im Leben die Angst vor dem Altwerden, vor dem Alleinsein in Hilflosigkeit, die sich meldet, weil man sich in einem Land, in dem man nicht geboren ist und in dem man auch keine Verwandtschaft hat, nichts vormachen kann. Ich frage mich, wo ich hinwill mit meinem Leben. Kinder werde ich keine mehr in die Welt setzten, dafür ist zu spät, und ich habe es versäumt, rechtzeitig an die Endlichkeit dieser Möglichkeit zu denken, weil ich meinen Beruf immer in den Vordergrund gestellt habe, aus Angst, aufgefressen zu werden in einer Abhängigkeit, die ich nie eingehen wollte. Letztendlich kann man immer alles ändern, man kann die Lebensumstände neu ordnen, vorausgesetzt, man hat die Kraft und den Mut dazu, aber Kinder kann man irgendwann keine mehr gebären. Früher sind die Menschen ausgewandert, um sich bessere Möglichkeiten zum Überleben zu schaffen, um ihren Kindern eine Zukunft zu bieten. Ich bin ausgewandert, um vor meinen Lebensumständen zu fliehen und austreten zu können aus einem hektischen Alltag, der mich beinahe krank gemacht hat.

Als kleines Mädchen habe ich mir immer vorgestellt, dass ich vor meiner Geburt irgendwo in den Sternen gewohnt habe, und wenn ich die Welt hier verlassen müsste, würde ich wieder dorthin gehen. Es war damals schmerzhaft für mich zu begreifen, dass die Welt auch vor meiner Geburt existiert hatte, dass alle Menschen, die mir nahe standen, auch ohne mich ausgekommen waren und auch nachher ohne mich auskommen würden. Mein Vater wusste nicht, dass er eine Tochter haben würde, als er hier auf den Lofoten stationiert gewesen war. Und jetzt lebt er in der Erinnerung von mir hier weiter. Wer wird sich an mich erinnern, wenn ich wieder bei den Sternen angekommen bin?

Ostnorwegen, Frühling 1958

Der Weg zur Klinik führt durch eine hügelige Landschaft, vorbei an weit auseinanderliegenden Gehöften, dazwischen, entlang der Straße, bewaldete Raine, deren Bäume schon zaghaft kleine Blätter an ihren Enden zeigen, um hellgrün zu leuchten in einem milchigen Frühlingslicht, das alles mit weichen Konturen überzieht. Das Mädchen sitzt mit ihrer Begleiterin, einer jungen, elegant gekleideten Frau, in einem Bus, der oberhalb des Klinikgeländes hält. Die Frau lächelt und gibt durch eine Geste zu verstehen, dass sie noch bis zum Eingang mitkommen würde, als das Mädchen sich stumm anschickt, auszusteigen, mit einer Tasche in der linken Hand, in der sie ihre Kleider verstaut hat, die sie am Leib getragen hatte, als sie am Morgen von hier aufgebrochen war. Am Eingang angelangt, streicht das Mädchen an ihrem neuen Baumwollkleid den Rock gerade, der sich durch das lange Sitzen verknittert hat, und sieht die Frau verlegen an.

Sie ist sich nicht sicher, ob sie die Station des Krankenhauses in diesem Aufzug betreten soll, da man ihr Fragen stellen würde, wo sie denn diese neuen Kleider herhabe.

Auf alle Fälle würde es ihr den Alltag hier erschweren, denn die alten Pflegerinnen waren ganz und gar nicht freundlich zu ihr und versuchten ihre Missgunst vor der jungen Frau, mit der sie heute den Tag verbracht hatte und die hier als Ärztin arbeitet, zu verstecken. Das Mädchen begann in den letzten beiden Monaten wieder zu essen, nachdem es wochenlang die Nahrung verweigert hatte und fast nur mehr aus Haut und Knochen bestanden hatte. Es war ihr unmöglich gewesen, den Geruch der Speisen zu ertragen, sie hatte keinen Hunger mehr wahrgenommen, und nach einigen Tagen fühlte sie sich sogar besser, wenn ihr Magen leer war. Auf Anordnung des Arztes hatte man begonnen, sie unter Zwang zu füttern. Zwei Pfleger hatten sie mit den Armen nach hinten an einem Sessel festgegurtet, und eine Pflegerin zwängte ihr die übervollen Löffel mit Brei in den Mund und hielt ihr anschließend die Lippen zu, bis sie nicht mehr anders konnte, als den Bissen hinunterzuschlukken, um nicht zu ersticken. Die ersten beiden Male nach dieser Prozedur konnte sie sich auf die Toilette flüchten, nachdem man sie endlich in Ruhe gelassen hatte und sie schweißgebadet allein im Zimmer zurückgeblieben war. Es war eine Wohltat gewesen, den ekelhaften Brei mit an den Gaumen gelegtem Zeigefinger wieder zu erbrechen, immer mehr von dem Gegessenen heraufzuholen aus einem Magen, der in ihrem Körper zu zerspringen drohte und sich wie ein Stein unterhalb der Spitze des Brustbeins vorwölbte. Auf einmal fühlte sie sich leicht und befreit, nachdem sie den Mund mit Wasser gespült und ein paar Schlucke getrunken hatte, um den brennenden Schmerz zu lindern, den sie in ihrem Brustkorb wahrnahm. Es war alle Spannung von ihr abgefallen, und sie musste aufpassen, vor lauter Euphorie nicht laut loszusingen. Beim nächsten Mal kam es anders, weil irgendjemand Verdacht geschöpft hatte. Die Pfleger nahmen sie nach dem Essen vom Tisch auf und führten sie zu ihrem Bett, sagten ihr, sie solle sich hinlegen, und gurteten sie mit Lederriemen an den Fußfesseln und Handgelenken an das Metallgestell des Bettrahmens, dass sie sich kaum rühren konnte. Einige Stunden hatte sie in dieser Lage verbracht, und die Zeit war ihr wie eine Ewigkeit erschienen. Sie verweigerte weiterhin alle Nahrung und unterzog sich dem Ritual schweigend und trotzig, um dann in der Nacht, nachdem man sie in ihrem Zimmer eingeschlossen hatte, rastlos Liegestütze zu absolvieren und Seilhüpfen zu trainieren, bis sie endlich völlig erschöpft aufs Bett sank und in den Kleidern einschlief. Diese Nachtwachen wurden immer länger, weil sie jedes Mal versuchte, die von ihr vorher erreichte Zahl von Übungen zu steigern, und sie konnte nicht aufhören, bevor sie diese nicht übertroffen hatte, auch wenn sie dabei manchmal größere Pausen einlegen musste, die sie sich selber nicht verzieh.

Seit die junge Ärztin auf der Station arbeitet, haben die Zwangsfütterungen aufgehört. Sie holt das Mädchen jeden Tag in ihr Büro und versucht, mit ihm ein Gespräch anzuknüpfen, erzählt von allerlei Dingen, die ihr in den

Sinn kommen und von denen sie meint, sie könnten es interessieren. Das Mädchen ist anfänglich nicht bereit, Auskunft zu geben, sondern verhält sich abweisend, sieht auf den Boden oder auf das Bild an der Wand, das ihrem Sessel gegenüberhängt. Die Ärztin bringt verschiedene Dinge mit, unter anderem einen mit fantasievollen Abbildungen aller Arten von Gefiederten aus der ganzen Welt dekorierten Bildband oder ein Brettspiel, zu dem das Mädchen die Regeln selbst erfinden soll. Sie gibt dem Mädchen Bücher, mit der Bitte, sie in einer Woche wieder zurückzubringen. Das Mädchen fängt an, in der Nacht zu lesen. Es verkriecht sich in die Bücher, die sie mit ihren Geschichten ablenken und die Klinik rund um sie vergessen lassen.

Heute sind sie gemeinsam nach Oslo gefahren, sie haben ein neues Kleid in einem Laden ausgesucht und von dem Geld bezahlt, das dem Mädchen nach Auskunft der Ärztin zustand und das sie vom erstaunten Verwalter der Klinik geholt hatten, bevor sie die Reise antraten. Als das Mädchen seine Tasche vom Boden aufhebt und der Ärztin die Hand etwas eckig entgegenstreckt, um sich zu verabschieden, packt diese sie an beiden Schultern und richtete den nach vorn gebeugten Oberkörper auf, sieht sie mit ihren wasserblauen Augen an und fordert sie auf, genau in dieser Haltung das Haus zu betreten, man würde sich dann morgen früh bei der Chefarztvisite wiedersehen.

Lofoten, 7. November 2004

Ich habe ein Bild meiner Mutter als kleines Mädchen vor der Kirche in Kabelvåg in Händen. Sie hat lange hellblonde Zöpfe, ist in eine bestickte Tracht gesteckt und steht in einer Gruppe von festlich gekleideten anderen Kindern. Ein süßsaures Lächeln auf den Lippen. Auf einem anderen Bild posiert sie etwas unsicher neben einem Jungen. Ich kann mir vorstellen, wie der Fotograf zu ihr gesagt hat, sie solle den Kopf gerade halten. Sie solle ihren Bruder bei der Hand nehmen. Auf der Rückseite steht in gedrängten kleinen Buchstaben, Odd und Olaug vor der Kirche. Auf der Hochzeit von Tante Torild.

Die Erzählungen von Mutter verfließen mit den Schwarz-Weiß-Fotografien zu einem Film. Ich sehe, wie Odd beim ersten Angriff der Engländer von einem Kriegsschiff an Bord genommen wird. Gemeinsam mit einer Handvoll anderer junger Männer aus Svolvær und Umgebung. Sie traten in die Reservearmee ein, die bei der Rückeroberung Norwegens beteiligt sein sollte. Mutter hat ihren Bruder nicht mehr gesehen. Sie hatte nach dem Krieg versucht herauszufinden, ob er getötet worden war oder in England geblieben ist. Alle Spuren schienen im Sand zu verlaufen, niemand hatte über seinen Verbleib Auskunft geben können. Sie hatte die drei Freunde in seinem Alter, die mit ihm geflohen waren, nach deren Rückkehr gefragt. Sie hatten sich von ihr abgewandt. Sie hätte es nicht besser verdient als Deutschendirne. Sie solle mit dieser Ungewissheit leben bis in ihr Grab, hatte ihr einer der drei ins Gesicht gezischt und vor ihr ausgespuckt. Sie hatte mir erzählt, dass die Häuser der Familien, aus denen die jungen Männer stammten, niedergebrannt worden waren. Die Deutschen hatten ein Exempel statuiert. Danach wurden weitere Männer verhaftet und verhört. Zunächst in Svolvær, dann wurden einige von ihnen nach Grini überstellt, einem berüchtigten Gefängnis in Ostnorwegen. Von dort kehrten sie erst nach Kriegsende verbittert zurück. Viele Menschen aus der Nachbarschaft hätten die Straßenseite gewechselt, wenn Mutter in der Stadt oder im Dorf unterwegs war. Sie verachteten sie. Über die ersten Tage nach dem Abzug der Besatzer wollte sie nicht mit mir sprechen. Ich habe nicht darauf beharrt. Ich wusste, was anderen Frauen widerfahren war, die ein Kind von einem deutschen Soldaten geboren hatten. Sie waren auf die Straßen getrieben, geschoren und bespuckt worden. Manche waren von norwegischen Männern vergewaltigt worden. Bevor ihr Bruder zu den Engländern übergelaufen war, habe er sich mit dem Vater wegen der Deutschen andauernd gestritten. Mutter hatte erzählt, Großvater sei schon früh an den Aktivitäten der Nationalen Partei interessiert gewesen. Er habe Unterstützungsgelder bezahlt und den Mitgliedern der lokalen Fraktion einen Versammlungsraum im Schuppen zur Verfügung gestellt. Nach dem Krieg war er mit einer Geldstrafe belegt worden. Er musste ein Jahr lang in einem Straflager arbeiten. Die Strafe war nicht allzu hoch, er war nicht Mitglied der Nationalen Versammlung gewesen.

Seit ich hier in Mutters Haus gezogen bin, verbinden sich die Geschichten meiner Familien immer deutlicher mit dem Hof und seiner Umgebung. Trond und ich hatten uns zunächst im Beihäuschen eingerichtet, das wir renovieren ließen. Dafür langte unser Geld gerade. Das Haupthaus blieb von Anfang an unangetastet, es war vollgestopft mit alten Möbeln, die wir weder verkaufen noch in einer Scheune unterbringen wollten. Später, nachdem ich allein hier übrig geblieben war, begann ich Schritt für Schritt das alte Haus zu entrümpeln und mich hier einzurichten. Das Wohnzimmer gefällt mir inzwischen in seiner altmodischen Art. Ich mag den großen rotbeige und grün gestreiften Ohrensessel, den dichten braunroten Teppich mit dem orientalischen Muster. Die Stehlampe mit dem hohen von papyrusähnlichem Papier überzogenen Lampenschirm gibt abends, wenn es draußen ungemütlich wird, ein behagliches Licht. Ich bin hier geboren, aber das Leben um mich in seiner bäuerlichen Tradition bleibt mir fremd. Ich versuche, mich so gut wie möglich einzufügen, und verstehe immer mehr, dass die Verbundenheit der Einwohner mit der Landschaft Norwegens und ihren harten Bedingungen auch ein fruchtbarer Boden für die nationale Bewegung war.

Odd hatte die erste Gelegenheit, seinen Widerwillen gegen diese Haltung zu zeigen, beim Schopf gepackt. Er lief zu den Engländern über. Mutter hatte ihren Bruder als zurückhaltenden jungen Mann beschrieben. Er hatte nicht damit rechnen können, dass Großvater nach seiner Flucht für ein paar Tage gefangen genommen wurde. Trotz seiner deutschenfreundlichen Einstellung. Der Hof der Familie wurde nicht niedergebrannt. Er wurde konfisziert. Die Großeltern und meine Mutter mussten in das alte Beihäuschen umziehen. In die zwei Stockwerke des Haupthauses zogen Offiziere und Soldaten der deutschen Wehrmacht ein. Odd hatte nicht vorhersehen können, dass seine Schwester sich in einen dieser einquartierten Männer verlieben sollte. Die Eltern hatten anfangs nichts dagegen einzuwenden gehabt. Einige der Nachbarn verfolgten sie unverhohlen mit schiefem Blick, wenn sie Hand in Hand mit dem Fremden durch die Stadt schlenderte. Mutter hatte mehrmals gesagt, sie hätte nicht einen Gedanken daran verschwendet, etwas Unrechtes zu tun. Sie sagte, sie hätte ihren Bruder immer vermisst, denn sie waren wie Zwillinge aufgewachsen. Er war ein Jahr älter als sie. Als der Krieg für die Deutschen langsam verloren schien, herrschte eisiges Schweigen im Haus. Alle waren ratlos, die Großeltern distanzierten sich sichtbar von den einquartierten Soldaten, mit denen sie vorher freundschaftlich umgegangen waren. Plötzlich begann der überstürzte Aufbruch der Truppen. Mein Vater wurde bereits im September 44 abgezogen. Dann kurz vor Kriegsende spürte Mutter die ersten offenen Anfeindungen. Damals war sie hochschwanger. Mutters Bruder hatte nie erfahren, dass im April 1945 seine Nichte zur Welt gekommen ist, die keiner haben wollte außer ihrer Mutter. Mein Vater hat wahrscheinlich nie erfahren, dass es mich gibt. Auf Anraten des Pfarrers wurde ins Geburtenregister – Vater unbekannt – eingetragen. Es gab niemanden, der sich auf meine Geburt freuen konnte, auch meine Großeltern nicht. Sie waren mit ihren eigenen Problemen beschäftigt. Niemand wollte mich hier im Haus haben. Jetzt bin ich die Einzige in der Familie, die noch lebt.

Lofoten, 20. November 2004

Die letzten Tage, die ich im Haus auf der Insel im Fjord verbringe, bin ich damit beschäftigt, alles in einem guten Zustand zu hinterlassen. Ich will dieses Kapitel abschließen, um ein neues beginnen zu können. Das Haus ist ausgeräumt, und alle restlichen Kisten sind in einer Ecke gelagert. Zunächst habe ich die Vorderwand des Stalles repariert, wo einige Bretter nach den Stürmen im Winter lose herunterhingen. Dann habe ich das gesprungene Glas des Fensters in der Außentoilette ausgetauscht, damit sich der nächste Gast einer ungetrübten Aussicht erfreuen kann. Jetzt bin ich dabei, die Eingangsdiele neu mit blauer Farbe zu malen, die alte war an manchen Stellen abgeblättert. Die Tage vergehen, und ich bin zufrieden mit meiner Arbeit, die mich ruhig werden lässt und es mir ermöglicht, etwas Abstand von meinem inneren Hang zum ausweglosen Grübeln zu bekommen. Nach zwei Wochen taucht plötzlich Giske auf, da sie wissen will, was mich so lange draußen im Fjord hält, und sie ist beruhigt, als sie sieht, wie ich ganz und gar in Reparaturarbeiten vertieft bin. Bei ihrer Ankunft falle ich ihr um den Hals, als sie um die Ecke des Stalles biegt und zögernd auf mich zugeht. Sie entschuldigt sich für ihr unangekündigtes Erscheinen, denn sie will mich nicht stören, doch ihr Besuch ist mir sehr willkommen. Sie nimmt einen Pinsel, um mir beim Malen zu helfen, und mir fällt auf, wie jung sie in ihren Bewegungen wirkt, die für eine Sechzigjährige kräftig sind, zielgerichtet und doch nie den Anschein von Grobheit vermitteln, ganz im Gegenteil, es ist etwas federnd Leichtes erkennbar, das mich manchmal amüsiert, weil ich es als nachhallendes Zögern interpretiere. Inzwischen sind wir einander sehr vertraut, und ich habe sie in den letzten Tagen vermisst. Außer ein paar kurzen Telefonaten mit ihr habe ich seit zwei Wochen mit niemandem geredet, und so sprudeln die Sätze nach einer Weile des gemeinsamen Nebeneinanderarbeitens förmlich aus mir heraus, und ich bin erstaunt über die Klarheit und Bestimmtheit meiner Aussagen.

»Ich habe beschlossen, fürs Erste in Norwegen zu bleiben. Meine Bewerbung für die Stelle in Stokmarknes ist abgeschickt. Mal sehen, wie ich mit der Arbeit zurechtkomme.«

Giske sieht mich überrascht an.

»Ich habe mir schon versucht vorzustellen, wie es sein würde, wenn du wieder von hier verschwindest. Mit dem Gedanken habe ich mich ganz und gar nicht anfreunden können.«

Sie wendet sich etwas verlegen der Arbeit zu, um sich dann doch zu mir umzudrehen und mich anzulächeln. Als wir nach getaner Arbeit bei einem improvisierten

Abendessen mitten unter Kisten sitzen, beginne ich von meiner Arbeit als Psychiaterin zu erzählen, was ich vorher nicht getan hatte, und Giske lehnt sich zurück und hört mir aufmerksam zu. In ihrem Gesicht kann ich so etwas wie Verwunderung ablesen, und vielleicht versucht sie sich vorzustellen, womit ich meine Arbeitszeit in den letzten Jahren zugebracht habe.

Giske nehme ich mit einem Mal, da sie jetzt mein Gast ist, auf andere Weise wahr. Sie ist zurückhaltend, unsicher fast, wenn sie etwas helfen möchte, und fragt bei jeder Handreichung nach. Ich bin froh über ihre Hilfe und hoffe im Stillen darauf, all ihre Gastfreundschaft, die sie mir gewährt hat, einmal danken zu können. Die letzte Putzaktion erledige ich ohne Giske und ich schicke sie mit meinen letzten Habseligkeiten, die ich eingepackt habe, nach Hause, um allein von der Insel Abschied zu nehmen. Als der Besitzer kommt, um den Schlüssel zu holen, sitze ich gerade im Wohnzimmer des alten Hauses, blicke um mich und bin erstaunt, wie lange ich es hier im ersten Halbjahr ausgehalten habe. Tage- und nächtelang hatte ich meine Kreise hier gezogen, und ich erinnere mich, an manchen Abenden laut lesend im Raum auf und ab gegangen zu sein, mit langsamen Schritten, die Texte deklamierend, die mich gerade interessierten, unter Begleitung von allerlei Gesten und Bewegungen, die das Gesprochene illustrierten. Es war eine Weise, mir selbst Gesellschaft zu leisten, denn ich schätze es immer, etwas vorgelesen zu bekommen, um mich in die gesprochene Sprache vertiefen zu können, die, anders als die im Stillen gelesene, einen Kokon um mich spinnen kann, der mich für den flüchtigen Moment gegen alle Angriffe der unmittelbaren Außenwelt zu schützen vermag. Durch vorsichtiges Klopfen am Fenster aus meinen Gedanken aufgeschreckt, sehe ich den jungen Mann, der in Regenkleidung mit zurückgestreifter Kapuze etwas unsicher zu mir herüberwinkt, und ich bitte ihn mit einer stummen Handbewegung hereinzukommen. Er ist freundlich, und es scheint ihm leidzutun, dass ich gehe. Er verrechnet mir einen Teil der Miete nicht und erklärt, dass er es nicht richtig findet, Geld zu kassieren, denn ich habe das Haus seit Mai nicht mehr benützt und zudem einiges in Stand gesetzt, wofür er sich bei mir bedankt und meint, er würde mir diese handwerklichen Fähigkeiten auf den ersten Blick gar nicht zutrauen. Ich bin dankbar für sein Entgegenkommen und kann mir vorstellen, dass ihm Rune, der Bibliothekar von meinen Geldnöten erzählt hat. Als wir gemeinsam die Räume nochmals durchschreiten, um zu sehen, ob alles in Ordnung ist, kann ich mir nur mehr mit Mühe den Zustand vorstellen, in dem ich mich damals über Monate befand, so weit weg von den Menschen, mit mir selbst, der Vergangenheit und dem eingeschränkten Alltag beschäftigt, den ich zu bewältigen suchte. Er bemerkt, wie schweigsam ich geworden bin, und sagt, dass er mich gerne einmal zum Abendessen einladen würde, denn seine Frau wolle ihn gerade dazu überreden, eine Reise nach Mitteleuropa zu planen, und da wären sie beide froh um ein paar Ratschläge. Als ich ihm den Schlüssel übergebe und mich bedanke, meint er, es gäbe keine Ursache für Dankbarkeit, aller Wahrscheinlichkeit nach würde man sich wieder irgendwo über den Weg laufen, wenn ich auf den Lofoten bliebe. Wenn ich jemanden wüsste, der im Sommer vielleicht an einem abgelegenen Ferienhaus interessiert sei, solle ich doch auf ihn verweisen, im Winter würde sich wohl nicht mehr so schnell jemand finden. Er schmunzelt ein wenig, und nach einem kräftigen Handschlag gehe ich zur Bucht hinunter, an der ich oft aufs Wasser hinausgeschaut habe. Es war höchste Zeit gewesen, von hier wegzugehen, und ich fühle mich frei, als hätte ich mit dem Haus etwas hinter mir gelassen. Ich gehe den Weg über die Insel, den ich im Winter immer gegangen bin, hinunter zu den Felsen am Ende der Bucht, hinaus auf die kleine Halbinsel, zurück durch das Moor und zuletzt auf den Bergrücken hinauf, um den Blick über das Meer zum Festland hinüber noch einmal in mich aufzunehmen, wie damals zu Beginn meines Aufenthaltes.

Lofoten, 4. Dezember 2004

Ich habe kein Foto gefunden, auf dem ein Mann in der Uniform der deutschen Wehrmacht abgebildet ist. Weder in Mutters Truhe noch auf dem Dachboden oder sonst wo. Auch nicht im Keller in einer der alten Schachteln. Auf den Bildern gibt es niemanden, der nicht aus Norwegen zu stammen scheint. Ich habe kein Gesicht gefunden, das Mutter nicht erwähnt hätte, als wir die alten Bilder gemeinsam betrachtet haben.

Die Namen von Onkeln und Tanten sind von mir auf den nummerierten Bildern vermerkt, und ich habe mir Notizen zu den jeweiligen Zahlen in ein Heft eingetragen. Stichworte zu den einzelnen Familien und Geschichten, die manchmal bruchstückhaft daherkamen. Mutter hatte sich bemüht, ihre körperliche Schwäche bei meinen letzten beiden Besuchen hier auf dem Hof zu überspielen. Ich hatte Mutters Adresse im Herbst des Jahres 2000 ausfindig gemacht. Einige Wochen später nahm ich allen Mut zusammen und rief bei ihr an. Sie war zunächst fassungslos, und nach einigen Minuten des Erstaunens wollte sie mich so schnell wie möglich sehen. Ich bemerkte, wie sie mit den Tränen kämpfte. Sie schien in guter Verfassung. Ich hatte den Eindruck einer wachen und aufgeweckten alten Frau, deren Stimme mir angenehm war. Ich schlug ihr vor, am darauffolgenden Wochenende in Begleitung meines Mannes zu kommen, was sie freudig akzeptierte. Als wir uns dem Hof mit dem Auto näherten, war ich überwältigt von der Schönheit der Landschaft. Von der beeindrukkend exponierten Lage der Häuser so nahe am Meer. Wir parkten außerhalb der Steinmauer, die das Anwesen umgab. Ich wollte zu Fuß das Stück Land betreten, von dem sie mich nach Ende des Krieges abgeholt hatten. Mutter stand bereits in der Einfahrt. Eine zierliche klein gewachsene Frau, die ich mir in meinen Fantasien anders vorgestellt hatte. Ihre lebendigen grünblauen Augen strahlten mich an, und ich konnte ein Erstaunen und eine Freude darin lesen, die ich in all den Jahren in anderen Blicken vermisst hatte. Die Tage bei ihr auf dem Hof waren intensiv. Trond ließ uns bald allein und holte mich erst wieder vor der Rückreise nach Bergen ab. Ich war ihm dankbar für seine Unterstützung und sein Einfühlungsvermögen. Beim Abschied sagte Mutter, die Ärzte hätten ihr vor einem halben Jahr gesagt, sie leide an Krebs. Es bleibe ihr nicht mehr allzu viel Zeit. Dieser erste Besuch sollte auch der einzige bleiben, an dem ich Mutter froh und unbeschwert sah. Bei meinen nächsten Aufenthalten auf dem Hof war sie bereits geschwächt, und zuletzt konnte ich nicht mehr mit ihr reden. Sie starb wenige Tage nachdem ich gekommen war, um ihr zu helfen in ein Heim umzuziehen. Ich hielt ihre Hand.

Ich habe Mutter bei meinen Besuchen gebeten, mir meinen Vater zu beschreiben. Die Beschreibungen waren vage. Sie ließen in mir keine rechte Vorstellung von ihm aufkommen. Rotbraunes Haar, gewellt, und braune Augen, die etwas verunsichert und abwesend waren. Er war schlank, groß. Nach ihrem unerwartet raschen Tod befiel mich blankes Entsetzen. Ich wusste lediglich, er hieß Walter, seinen Familiennamen hatte ich nicht erfahren. Ich würde ihn auch nicht mehr ausfindig machen können. In meinen Dokumenten war er nicht eingetragen. Mutter hatte gesagt, dass es kein Bild mehr von ihm gab. Großmutter hatte alles, was an ihn erinnerte, aus Angst vor weiteren Verfolgungen im Herd verbrannt. Damals wurde Großvater wegen seiner deutschfreundlichen Haltung von den eigenen Landsleuten nach dem Krieg der Prozess gemacht. Nach dem Straflager hatte er einen Schlaganfall erlitten, konnte seine linke Körperhälfte nicht mehr gebrauchen und blieb stumm. Eines Morgens ist er nicht mehr erwacht. Großmutter war nach seinem Tod im Jahre 47 nicht mehr im Stande gewesen, für sich und meine Mutter zu sorgen, sie starb drei Jahre später an einer Lungenentzündung. Am Tag von Großvaters Verhaftung hat Onkel Arne das Zepter auf dem Hof übernommen. Als nach dem Abzug der Deutschen Bilanz gezogen und die Gemeinschaft in Gute und Böse unterteilt wurde, fiel Mutter eindeutig auf die Seite der Bösen. Onkel Arne stand nicht zu ihr, unterstützte sie nicht. Er richtete sich nach den anderen, die sie mit ihrer Anwesenheit ständig an die Schmach des Krieges erinnerte. Sie war eine Hure. Eine Deutschendirne. Auch für ihn. Das Deutschenbalg musste weg. Er hatte im Krieg mit den Besatzern nichts zu tun haben wollen. Weniger aus Widerstand gegen die politischen Verhältnisse als aus Fremdenfeindlichkeit. Aus Abscheu gegen alles Neue. Veränderungen brachten nur Unglück. Arne hatte sich in seinen Augen nie etwas zuschulden kommen lassen und war immer darauf bedacht gewesen, sich aus allem herauszuhalten. Als Maschinist der norwegischen Hurtigruten verzieh er den Deutschen nie, dass einige Schiffe versenkt worden waren. Zwar durch Angriffe der Engländer, aber für ihn war es eine Schande. Sein Land hatte das nicht verdient. Er hatte Mutter wie eine Magd behandelt. Sie konnte für ihre Dienste auf dem Hof nichts erwarten. Es war ihr nicht möglich gewesen, sich von der Schuld, die man ihr zuschrieb, freizuarbeiten. Jede noch so große Unterordnung hatte ihr nicht den ersehnten Freispruch gebracht. Sie konnte sich auch nicht dagegen wehren, als man ihr das Kind wegnahm. Man wusste nicht, wie sich diese Brut entwickeln würde. Womöglich würden wir Deutschenkinder eine Fünfte Kolonne bilden, wenn wir erwachsen wären. Wir würden vollenden, was den Besatzern im Krieg nicht gelungen war. Denn das Böse würden wir in unseren Genen tragen. Über das ganze Land hinweg versuchte man die Kinder zu registrieren, in Heimen zu sammeln. Die Gemeinden wurden angewiesen, Meldebögen auszufüllen, wie viele Kinder sich in ihrem Einzugsgebiet aufhielten. Die Regierung hatte Pläne, einen Teil der Kinder nach Deutschland zu verschicken. Kinder und Mütter sollten psychiatrisch untersucht und beurteilt werden. Solche Mütter konnten lediglich schwachsinnig oder moralisch verwahrlost sein. Welche Frau war schon bei Sinnen, wenn sie sich mit einem deutschen Soldaten einließ und die eigenen Männer verriet, die ihr Leben währenddessen fürs Vaterland aufs Spiel setzten.

Mutter hatte mir erzählt, dass sie eine Zeit wie erstarrt verharrte. Sie wartete, ob sie mich nicht zurückbekommen würde. Dann nahm sie eine Stelle als Hausbedienstete in Göteborg an, die sie vom Pfarrer vermittelt bekommen hatte. Er war ein Freund der Familie und hatte sie immer freundlich gegrüßt. Auch wenn die anderen die Straßenseite gewechselt hatten. Er war regelmäßig am Sonntag nach der Andacht auf einen vormittäglichen Besuch vorbeigekommen, um nach dem Rechten zu sehen. Er konnte es sich leisten, den Kontakt zu ihr zu halten, denn man respektierte ihn und hatte Achtung vor ihm. Er war nach 45 abgemagert, aber lebend aus der Zwangsarbeit zurückgekommen, zu der er von den Deutschen verurteilt worden war. Er war der Einzige, der sie nach ihrem Kind gefragt hatte, nach mir. Ob sie wisse, wo es sei, und ob sie Nachricht erhalten habe. Vielleicht könne sie versuchen es zurückzuholen. Er war auch derjenige, der ihr erzählte, einige der vaterlosen Kinder von deutschen Soldaten seien unter falschen Namen nach Schweden verschickt worden. Sie sollten dort bei Familien, die von der Herkunft der Kinder nichts wussten, aufwachsen. Er gab ihr überdies die Adresse seines Schwagers Henrik, der in Göteborg während des Krieges studiert hatte und dort geblieben war. Die Schwester des Pfarrers mit Namen Astrid war dessen Frau. Henrik arbeite in einer Bank und habe drei Kinder, für die ein Hausmädchen gesucht würde. Astrid wollte ihr Geschichtsstudium wiederaufnehmen, und eine junge Frau aus Norwegen wäre als Haushaltshilfe sehr willkommen. Die beiden hatten das Gefühl, sie seien davongekommen während der Jahre, die so viele ins Unglück getrieben hatten. Mutter hatte mir gerne von den Jahren in Göteborg erzählt. Über die andere Welt, mit der sie dort in Berührung gekommen war, über die politische und soziale Wachheit von Astrid, die sich in der Frauenbewegung engagiert hatte.

Vielleicht wäre alles anders verlaufen, wenn Mutter später noch geheiratet hätte. Wenn sie eine andere Familie in ihr Leben und in dieses Haus gelassen hätte. Ich habe vergessen zu fragen, ob sie es wegen Vater nicht gekonnt hatte. Es war in unseren Gesprächen noch immer eine Zuneigung zu ihm wahrnehmbar. Vielleicht wollte sie nicht Verrat an ihrer Liebe begehen, an die sie geglaubt hatte und für die sie letztendlich auch jahrzehntelang bestraft worden war. Mutter hatte nach dem Tod ihres

Onkels Arne den Hof übernehmen können. Aber der Platz war für sie nicht mehr der lang entbehrte Lebensort gewesen, den sie vermisst hatte. Jahre hatte sie zurückgezogen und einsam hier verbracht. Vieles war zerfallen und verwahrlost. Bis eines Tages ich aufgetaucht war, völlig unerwartet.

Lofoten, 20. März 2005

Heute war ich zu einem Vorstellungstermin in der psychiatrischen Abteilung in Stokmarknes eingeladen. Ich habe zugesagt und bin am Abend zurück zu Giske auf den Hof gefahren. Bereits auf der Überfahrt von Melbu nach Fiskebøl, beim Blick auf die von der Abendsonne schimmernde Wasseroberfläche, habe ich mich darauf gefreut, von meinem Neuanfang erzählen zu können. Peer Haugland, der in den letzten Monaten fast täglich Gast auf dem Hof geworden ist, und Giske haben mich mit einem Glas Champagner in der Hand begrüßt, und noch ehe ich berichten konnte, hat Peer sich bei mir eingehakt und mir gratuliert. Er hätte gewusst, dass ich zusagen würde. So schnell könne man aus einem Arzt nicht etwas anderes machen.

In den letzten Monaten sitzen Giske, Peer und ich oft gemeinsam beim Abendessen, um dann bis spät in die Nacht zu reden. Ich höre Peer fasziniert zu, wenn er von seinen reichen Erfahrungen mit Patienten erzählt, und nach ein paar spektakulären, fast unwirklichen Geschichten, in denen Wind und Wetter, der Mond, gute

Erd- und Wassergeister die Hauptrolle spielen, bin ich erstaunt, wie mich diese Beobachtungen und Schilderungen in Bann ziehen und ich die von ihm postulierten Zusammenhänge der Naturkräfte mit dem Leiden und den Krankheiten der Menschen hier zu glauben gewillt bin. Er berichtet mit einem liebenswerten Lächeln auf den Lippen und macht sich über nichts lustig, außer über sich selbst, und kichert dann oft über seine vermeintliche Dummheit, seine Naivität oder seine Ungeschicklichkeit. Peer zerbricht sich den Kopf über die Jungen, die immer weniger mit ihrer Freizeit umzugehen wüßten und sich bei ihren Alkoholexzessen bewusstlos tranken, oder über die Alten, die als Winterflüchtlinge Häuser auf Mallorca und den Kanarischen Inseln kauften und ein geteiltes Leben führten, in dem viele nicht die erhoffte Erlösung fanden, um zuletzt verbittert im Altenheim zu landen, nachdem ihnen die Enttäuschung über das fehlende Paradies auf Erden die letzten Kräfte geraubt hat.

Peer, als erfahrener älterer Arzt, ist mir als Gegenüber wichtig geworden. Ich kann all meine Bedenken und Zweifel in Bezug auf meine Tauglichkeit für diesen Beruf vor ihm ausbreiten, und er erzählt mir, dass er auch oft Mühe damit hat, die Probleme seiner Patienten in der Praxis hinter sich zu lassen, wenn er am Abend nach Hause komme. Es ist seit langem die erste Gelegenheit, der ich mich stelle, um jemandem den Zustand zu schildern, der mich in der letzten Zeit vor meiner Ankunft auf den Lofoten in die Enge getrieben und verunsichert hatte. Jetzt kann ich die Erschöpfung beschreiben, in der ich zwei oder drei Jahre verharrt hatte und die mich so weit schwächte, dass ich zunehmend von Sinnestäuschungen geplagt wurde, die mir einen verunsichernden Alltag bescherten. Inzwischen weiß ich, dass ich nicht an einer Schizophrenie erkranken werde. Als ich Peer davon erzähle, sieht er mich an und fragt, warum ich denn nicht gleich darüber berichtet hätte. Manchmal würde es auch einem Arzt anstehen, seine Rolle zu vergessen, um sich selbst als Patient besser wahrnehmen zu können.

Peer und Giske haben mich aufgenommen und akzeptiert, was mir ermöglicht hat, im Leben wieder Fuß zu fassen. Ich schätze die sorglose Zeit, wenn wir die Stunden, in Unterhaltungen vertieft, verstreichen lassen, wie jetzt, wenn Peers weiße Haare im Widerschein des Lichts glänzen und er auf seinem Stammplatz vor dem Fenster sitzt. Giske hat die Stehlampe eingeschaltet und lehnt, in einer für sie typischen Haltung, mit angezogenen Beinen, im gestreiften Lesesessel, ein Glas Champagner in der Hand, an dem sie Schluck für Schluck nippt, um sich mit kurzen Sätzen ins Gespräch zu mischen. Als Peer aufsteht und in die Küche geht, um die gekühlte Flasche zu holen und uns noch einen Schluck nachzuschenken, sehe ich zum Fenster hinaus. Die Tage sind länger geworden, und heute Abend liegt ein violetter Schimmer am Horizont, der sich auf den noch schneebedeckten Berghängen widerspiegelt. Es ist das Nachleuchten der

Sonne, die untergegangen ist und sich nicht verabschieden zu wollen scheint, nachdem sie so lange verbannt war aus diesem Erdkreis. Das Flackern des Nordlichts, das uns über den Winter begleitet hat, macht dem sich ausbreitenden Licht der länger werdenden Tage Platz. Hinter den Bergrücken bei Svolvær ist der Mond aufgegangen, in einer unerwarteten Größe und Deutlichkeit, die jede Erhebung auf seiner Oberfläche deutlich werden lässt und in mir den Eindruck erweckt, ich könne ihn greifen, oder wenn ich auf die Bergspitzen kletterte, problemlos den Spalt zwischen Erde und Mond aus eigener Kraft überspringen, um im Sand eines Kraters zu landen. Giske erhebt sich aus ihrem Sessel und kommt auf mich zu, um mir ihre Hand auf meinen Arm zu legen, den ich entspannt über die Lehne baumeln lasse. Als ich zu ihr aufsehe, spüre ich einen leichten Druck ihrer Finger auf meiner Haut. Peer kommt zur Türe herein mit erhobener Flasche. Ich halte Giskes Hand und strecke Peer mein leeres Glas entgegen.

»Aber bevor ich nach Stokmarknes ziehe und nur noch an den Wochenenden hierherkomme, wollte ich euch noch meine Dienste als Trauzeugin anbieten.«

Beide lachen und scheinen sich ertappt zu fühlen, während wir mit vollen Gläsern anstoßen.

Lofoten, 24. Juni 2005

Giske und ich haben uns für einen Spaziergang um die Bucht verabredet. Ich arbeite seit zwei Monaten in Stokmarknes und habe dort eine kleine Wohnung bezogen, an den Wochenenden bin ich oft auf Giskes Hof. Wir haben gebadet und gefischt, denn die Sonne hat das flache Wasser in den vergangenen Tagen genügend aufgewärmt. Der Rückweg nach dem sommerlichen, südlich anmutenden Nachmittag führt uns an einem alten Hof vorbei, der am Rande des Moors neben einer kleinen Seitenbucht liegt. Hinten auf dem Hügel zieht sich ein Birkenwald entlang, der bis an das weiß getünchte Wohnhaus heranreicht, das in seiner Bauart, mit dem verzierten Giebel, dem Giskes gleicht, aber nicht von gleicher stattlicher Größe ist. Der alte Stall daneben wirkt verfallen, an einer Ecke taucht ein gebückter Mann mit einem Rechen in der Hand auf, Giske zeigt zu ihm hinüber und sagt, das sei Mortensen. Die Gestalt im braunweiß gestreiften Arbeitshemd biegt hinter einer niedrigen Steinmauer auf eine Wiese ein. Giske breitet ihr Handtuch auf einem flachen Fels aus, von dem wir eine gute Sicht auf Mortensens Haus und die Bucht haben.

»Lass uns noch eine Weile die Aussicht hier genießen.«

Giske erzählt, der Alte sei gestern überraschend vorbeigekommen und habe sich das Glashaus ansehen wollen. Sie lächelt vielsagend.

»Als ich ihm erklärt habe, was da alles wächst, war er voller Bewunderung für deine Künste.«

Mortensen hätte ihr gesagt, dass er vergangenen Winter knapp eine gefährliche Operation an der Bauchschlagader und eine anschließende Lungenentzündung überlebt hätte, und jetzt wolle er etwas mehr Kontakt zu den Nachbarn pflegen, bevor es zu spät für ihn sei. Er habe ihr über seine Familie, seine verstorbene Frau, seine Jahre unter der Besatzung während des Krieges erzählt.

»Er hat geahnt, dass ich die verschollene Tochter war, das Deutschenkind, aber er hat mich erst jetzt darauf anzusprechen getraut.«

Giske holt einen Apfel aus der Tasche und bricht ihn mit ihren sehnigen Händen in der Mitte entzwei, um mir die Hälfte zu reichen. Sie sieht dem alten Mann hinterher, der mit schwungvollen Bewegungen, die man ihm mit seinem ausgemergelten Körper gar nicht zutrauen würde, das Gras zusammenrecht.

»Er ist mit meinem Vater befreundet gewesen. Ich glaube, er will noch einiges loswerden, bevor er stirbt. Es scheint ihm wichtig.«

Ich sehe Giske von der Seite erstaunt an, und ehe ich nachfragen kann, erzählt sie, dass Mortensen Giskes Vater bei der Landarbeit kennen gelernt hatte, bei der Besatzungssoldaten eingeteilt gewesen waren. Sie hätten sich etwas angefreundet, nachdem Mortensen ihn mit seinem kleinen Boot aufs Meer zum Fischen mitgenommen hatte. Er sei vor ein paar Wochen auf eine Schachtel mit Bildern aus seiner Jugend gestoßen.

»Er hat mich eingeladen vorbeizukommen, um mir Fotos zu zeigen. Auf einigen soll Vater abgebildet sein.« Giske sieht mich aufgeregt und erwartungsvoll an. Ich weiß, wie sehr sie sich im letzten Jahr mit ihrem unbekannten Vater und ihrer Vergangenheit beschäftigt hat. Wie eine Besessene hat sie das Haus durchsucht, ob sich nicht irgendwo ein Hinweis auf ihn finden ließe.

»Es ist eigenartig«, sagt sie, »als ob ich erst die Suche aufgeben musste, um etwas über ihn zu erfahren. Jetzt auf einmal taucht der alte Mortensen auf und kann mir Fragen über meinen Vater beantworten. Warum ich nicht früher auf die Idee gekommen bin, die Nachbarschaft auf meinen Vater anzusprechen, ist mir ein Rätsel. Ich habe mich einfach dem seit meiner Geburt bestehenden Tabu, darüber nicht zu reden, gefügt. Unglaublich.« Sie sieht mir in die Augen, mit einer Spur Verzweiflung im Blick.

»Ich wollte dir das alles erst sagen, wenn ich dich sehe. Peer habe ich schon halb verrückt gemacht mit der Geschichte. Ich habe Mortensen gesagt, ich würde noch jemanden mitbringen. Die Frau, die das Glashaus so wunderbar bewirtschafte, würde sich auch für die Bilder interessieren. Wir sind zum Kaffee geladen.«

Giske sieht mich an.

»Ich würde den alten Mann gerne kennen lernen. Und auf die Bilder von deinem Vater bin ich natürlich sehr gespannt.«

Giske lacht zufrieden.

»Danke, ich bin froh, wenn du dabei bist.«

Sie zeigt auf den Vågakallan, der sich in diesem sommerlichen Licht heute weniger bedrohlich ausnimmt als sonst. Dort seien die beiden herumgeklettert, ihr Vater und Mortensen. Der Alte habe ihr erzählt, er hätte es nicht für möglich gehalten, dass er jemals seine Angst vor so steilen Felswänden überwinden könnte, aber er sei mitgegangen. Seither würde er das grimmige Gesicht der versteinerten Sagenfigur in der Wand des Berges anders wahrnehmen. Seit er ganz oben gestanden und auf seinen Hof hinuntergesehen habe. Der Berg sei für ihn zum freundlichen Wächter der Bucht geworden. Giske kneift die Lider zu einem Schlitz zusammen.

»Wenn ich ehrlich bin, habe ich das Gesicht noch immer nicht entdeckt, obwohl mir viele schon zu erklären versucht haben, wo es zu finden ist.«

Sie zeigt zur Steilwand hinüber.

»Kannst du es erkennen?«

»Nein. Ich habe es im Winter gesehen, als die Grate und Vorsprünge, vom Schnee bedeckt, andere Konturen zeigten.«

Sie wirft das Kerngehäuse des Apfels in die Wiese hinter uns und steht auf.

»Komm.«

Ich folge ihr, nachdem ich das Handtuch zusammengelegt habe, und wir gehen auf die Steinmauer zu. Giske schwenkt beide Arme und ruft dem Alten zu.

»Hei Mortensen, das hier ist Anna Berghofer. Ich habe dir von ihr erzählt. Sie ist die Hüterin des Glashauses. Darf ich sie dir vorstellen.«

Mortensen winkt erfreut. Während wir näher kommen, stützt er sich mit einem Arm auf den Stiel des Rechens und wischt sich mit der anderen Hand den Schweiß von der Stirn.

»Guten Tag, die Damen.«

Ich betrachte den alten Mann und erinnere mich, ihm schon einmal in Svolvær am Kiosk begegnet zu sein. Wir waren zufällig ins Gespräch gekommen, weil er sich für deutschsprachige Zeitungen interessierte und eine Neue Zürcher Zeitung erstanden hatte, was mich für einen Einheimischen verwunderte. Wir hatten über Deutschland geredet und über seinen letzten Besuch in Mitteleuropa vor vielen Jahren, waren aber nicht auf die Idee gekommen, Deutsch zu reden, sondern hatten uns in Norwegisch unterhalten und unsere Eindrücke von Aufenthalten in diversen Städten ausgetauscht, nur dass seine Erfahrungen aus der Zeit der frühen Fünfzigerjahre datierten.

»Wir kennen uns bereits.« Er lächelt Giske zu.

»Aber kannst du mir nochmals den Namen der Dame wiederholen. Du weißt, ich bin etwas schwerhörig.« Giske wiederholt meinen Namen und spricht lauter als vorher.

»Anna ist Österreicherin, und kommt aus Graz.« Er blinzelt mir erfreut zu.

»Graz. Das klingt interessant. Da bin ich auch schon gewesen.«

Er lädt uns mit einer ausholenden Geste seiner Hand auf die Terrasse des Hauses ein.

»Kommt näher, wollt ihr einen Kaffee?«

Er begleitet uns und gibt uns ein Zeichen, wir sollten es uns doch auf den Holzsesseln bequem machen. So willkommener Besuch käme nicht oft hier vorbei. Die Sonne steht hoch am Himmel, aber es ist bereits etwas kühler geworden, und ich setze mich mit dem Rücken zur Holzwand des Hauses, die von der Wärme des Tages angenehm aufgeheizt ist. Mortensen verschwindet im Eingang seiner Küche, in die man direkt von der Terrasse aus gelangen kann. Als er wieder erscheint, hält Giske ihm die Tasche mit unserem Fang entgegen.

»Ich habe mit Anna heute eine ganze Menge Fische an Land gezogen. Sie hatte Glück, um nicht zu sagen, sie ist inzwischen geschickter als ich.«

Sie setzt sich in einen Sessel und lächelt mir zufrieden zu. Mortensen hat ein Tablett mit Kaffeetassen in der Hand und sieht mich prüfend an, während er sich wie ein Kind über unseren Besuch zu freuen scheint. Was mich denn in diese entlegene Weltgegend führe, fragt er. Bevor ich eine Antwort geben kann, hat Giske bereits das Wort ergriffen. Sie ist aufgekratzt.

»Stell dir vor, Anna ist eines Tages mit einer Skizze aus dem Kriegstagebuch ihres Vaters aufgetaucht, auf der die kleine Fabrik in der Bucht hinter dem Haus abgebildet ist.«

Sie macht eine entschuldigende Geste mit ihrer Hand und gibt mir ein Zeichen fortzufahren und sieht mich mit einem Ausdruck begeisterten Erzähleifers auffordernd an. Ich wende mich wieder Mortensen zu, der die Tassen inzwischen auf dem Tisch verteilt hat und wissen möchte, ob ich Milch und Zucker in den Kaffee will, wie das bei den Österreichern so üblich sei, soviel wüsste er. Er nickt mir verschwörerisch von der Seite her zu, sichtlich stolz, sein Wissen über meine Landesgepflogenheiten zum Besten geben zu können. Ich versuche den Faden aufzunehmen, bin aber noch etwas unsicher dem alten Mann gegenüber.

»Ich habe anhand der Tagebücher meines Vaters versucht herauszufinden, wo er auf den Lofoten stationiert gewesen war, aber der wahre Grund meiner Reise war ein anderer. Ich hatte mir in den Kopf gesetzt, hier in der Dunkelzeit zu überwintern.«

Mortensen sieht mich erstaunt an.

»Es gibt wenige, die es ausgerechnet im Winter hierher zieht. Verzeihen Sie, es ist doch bemerkenswert, wenn Sie sich auf die Spuren Ihres alten Vaters begeben.«

Er wirft mir einen unterstützenden Blick zu. Ermuntert hake ich nach.

»Giske hat mir erzählt, Sie kannten ihren Vater?«

Er räuspert sich.

»Ja, dem ist so. Ich bin froh, ihr das endlich erzählt zu haben, nachdem sie mir bestätigt hat, was ich in den letzten Jahren bereits vermutet hatte. Und natürlich nicht nur ich, auch andere hier um die Bucht. Man redet nicht gern über die Zeit damals. Ich war jung und neugierig, als die Fremden auftauchten, und kam bald mit ihnen ins Gespräch. Es ging mir nicht um Politik, dafür war ich viel zu naiv. Wir haben einiges zusammen unternommen, Walter und ich. Er hat mich gebeten, ihm Norwegisch beizubringen, und ich habe auf diese Weise etwas Deutsch gelernt. Er kam aus der Steiermark, und ich wollte ihn dort in den Nachkriegsjahren besuchen, als ich mich auf einer Rundreise in Deutschland und Österreich befand, von der ich Ihnen bereits am Kiosk in Svolvær erzählt habe. Mich hatten die Länder interessiert, vor allem wie es nach dem Krieg dort aussah, es war viel über das Ausmaß der Zerstörung in den Zeitungen gestanden. Ich wollte auch Walter wiedersehen. Ich hätte gerne gewusst, wie es ihm geht, und hätte zu berichten gehabt, wie sich die Situation hierzulande entwickelt hatte. Bei der Suche nach ihm erzählte man mir, er habe geheiratet und sei umgezogen. Da war ich mir nicht sicher, ob er und seine Frau sich über einen alten Bekannten aus den Kriegstagen in Norwegen gefreut hätten. Außerdem wusste ich etwas, was er höchstwahrscheinlich noch nicht wusste.«

Er wendet sich zu Giske und legt ihr die Hand auf den Unterarm.

»Ich bin damals mehrere Tage in der Stadt, in der er gewohnt hatte, geblieben, in der Hoffnung, der Zufall würde mir helfen und wir würden uns über den Weg laufen.

Ich habe ihn nicht getroffen und bin wieder abgezogen. Was hätte er tun können, wenn er gewusst hätte, dass er eine Tochter hat. Nicht viel, meine ich. Das Mädchen war längst bei anderen Leuten untergebracht worden, und niemand wusste, wo. Alle hier haben geschwiegen, wie man nur nach einem Krieg schweigt.«

Mortensen hat seine Hand von Giskes Arm genommen und sitzt mit zusammengesunkenem Oberkörper da.

»Es war nicht einfach, mich jetzt bei dir zu melden. Du kannst mir vorwerfen, Giske, dass ich es so spät getan habe.«

Er blickt eine Weile aufs Meer hinaus.

»Dein Vater hat sich die letzten sechzig Jahre über nicht gemeldet, obwohl er gewusst hätte, wo ich zu finden bin. Ich habe mich nicht weit wegbewegt, habe mein ganzes Leben hier verbracht und der Natur zugesehen, wie sie die Jahreszeiten über das Land legte, mit all ihren Schönheiten und Bitterkeiten.«

Er steht abrupt aus seinem Sessel auf, als wäre ihm das, was er gesagt hatte, unangenehm und verschwindet im Eingang, um den Kaffee zu holen, der aus der offenen Türe bereits auf dem Herd röchelnd in der Kanne kocht. Giske sieht nachdenklich zum Meer hinaus, das heute ruhig ist wie selten und in einem tiefen Dunkelblau daliegt. Ich beobachte Giske von der Seite, deren Haltung im Sessel ihre Anspannung verrät, versuche ihren Blick zu treffen, während ich frage, ob sie nach Hause müsse, weil vielleicht Peer sich für den Abend angekündigt hätte. Da kommt mir schon Mortensen zuvor, der mit einem Krug Milch in der Hand wieder neben uns steht.

»Peer Haugland? Ruf ihn doch an, er soll auch kommen. Wir könnten doch nachher noch einige von den Fischen auf dem Rost braten und gemeinsam zu Abend essen. Es wäre nicht gut, wenn ihr gleich wieder verschwinden würdet, wer weiß, wann sich die nächste Gelegenheit bietet, einen so lauen Sommerabend zu Sankthans miteinander zu verbringen. Darf ich fragen, Giske, seid ihr schon länger ein Paar?«

Ich sehe wie Giskes Ohren rot werden, und muss schmunzeln. Der alte Mortensen, als aufmerksamer Nachbar, hatte mit seinem Instinkt und seiner Neugierde bereits die letzten Neuigkeiten erfahren. Giske überspielt ihre Verlegenheit.

»Ich werde Peer anrufen, er kommt sicher gerne zum Essen.«

Sie schweigt eine Weile und lässt sich von Mortensen Kaffee einschenken.

»Es gibt nichts, weswegen ich dir böse sein könnte. Wir wissen beide nicht, was geschehen wäre, wenn du meinem Vater von mir erzählt hättest.«

Giske sieht den Alten an, der feuchte Augenwinkel bekommen hat und mit seiner Fassung zu ringen scheint, während er sich räuspert und die Nase mit einem weißblau karierten Taschentuch lautstark schnäuzt.

»Das ist ja kaum auszuhalten, wie du mich auf die Folter spannst, Mortensen. Jetzt musst du wirklich langsam die Bilder holen.«

Sie lacht laut auf. Ich wende mich auch Mortensen zu, erleichtert, dass die Spannung von vorher gebrochen scheint.

»Ja, gern, ich bin schon ganz neugierig.«

Mortensen steht steif von seinem Sessel auf.

»Ich muss noch meine Brille finden. Ich hatte sie am Morgen noch auf der Nase, als ich den Brief vom Krankenhaus gelesen habe. Ich habe vorige Woche Haugland nach meinen Befunden gefragt, und er hat mir sämtliche Unterlagen, die er in der Praxis hatte, kopiert, damit ich sie meinem Sohn zeigen kann, der morgen zu Besuch aus Oslo kommt. Der Junge glaubt, ich würde ihn wegen meiner Operation beschwindeln und ihm irgendetwas Böses unterschlagen, nachdem ich letzten Winter so krank war. Dabei haben mir die Ärzte versichert, ich könnte nach der Operation hundert werden, wenn ich mich anständig benehmen würde. Das trifft sich gut, wenn Peer kommt, dann kann er mit mir alles besprechen. Ich versteh das Fachchinesisch ja ohnehin nicht.«

Er scheint mit seinen Ausführungen von seinem Gemütszustand ablenken zu wollen, und wendet sich im Gehen zu Giske um.

»Ich bin froh, dass ich das endlich losgeworden bin und du mir nichts nachträgst.«

Er gibt ihr im Vorbeigehen einen leichten Klaps auf den Rücken, zieht aber die Hand rasch wieder zurück, als hätte er sich selbst dabei ertappt, etwas zu weit gegangen zu sein. Nachdem er kurze Zeit im Haus verschwunden bleibt, kommt er mit einer kleinen Pappkartonschachtel in der Hand heraus und setzt sich unter umständlichen Bewegungen wieder an den Tisch. Er macht sich an der Schnur zu schaffen, die mit einer Schleife die abgeschabte Schachtel zusammenhält, und nimmt den Deckel ab. Im Inneren liegt ein Stapel angegilbter Schwarz-Weiß-Bilder mit gezacktem Rand. Mortensen nimmt das erste Foto heraus und inspiziert es einige Sekunden lang, bevor er es Giske, die bereits mit langgestrecktem Hals danebensitzt, in die Hand drückt. Ich lehne neugierig an Giskes Schulter und kann zwei Männer in einem hölzernen breiten Ruderboot erkennen. Mortensen beginnt mit leiser Stimme zu erklären. »Der junge Mann in kurzen Hosen auf der linken Seite bin ich, und der andere junge Mann ist dein Vater.« Giske schweigt und hält das Bild etwas weiter von sich, um schärfer sehen zu können.

»Mein Vater. Er sieht gut aus. Fröhlich.«

Mortensen sagt »Jetzt weißt du, warum ich geahnt habe, wessen Tochter du bist.« Beide müssen lachen und Giske gibt Mortensen mit ihrem Oberarm einen leichten Stoß in die Seite.

»Sag, hättest du mir nicht früher davon erzählen können?«

Mortensen räuspert sich verlegen.

»Ich habe die Schachtel erst vor Kurzem gefunden. Erst die Aufnahmen haben meinen Verdacht wirklich bestätigt, den ich in den letzten Monaten bekommen habe, seit wir uns öfter auf der Straße gegrüßt und ein paar Worte gewechselt haben. Sieh dir doch die Augenbrauen, die Nase und die ganze hagere Statur an.«

Er sieht Bestätigung suchend zu mir herüber.

»Anna, was sagen Sie dazu.«

Aber Giske nimmt bereits die nächste Aufnahme in die Hand, dort sind ihre Eltern abgebildet. Dann ein Bild der Großeltern, gemeinsam mit dem jungen Paar, daneben zwei Männer in deutscher Uniform. Mortensen beginnt gelöst zu erzählen, was ihm zu den anderen Soldaten einfällt, an deren Vornamen er sich erinnern kann. Nach einer Weile seufzt er tief.

»Wer weiß, wer von ihnen heute noch lebt? Bevor wir weitermachen, hole ich jetzt den Aquavit, den kann ich gebrauchen nach der Aufregung. Komm, Giske, du darfst dich mit meiner Küche vertraut machen und kannst die Fische mitnehmen und die Gläser hinaustragen, sonst fallen sie mir noch aus den zittrigen Händen.«

Mortensen nimmt Giske in einer höflichen Verbeugung behutsam von ihrem Platz auf und führt sie an der Hand mit sich ins Haus. Mir ist, als ob er für einen Augenblick allein mit ihr sein möchte, und ich strecke gedankenverloren meine Hand nach den restlichen Fotos in der Schachtel aus. Das nächste Bild zeigt Giskes Mutter lachend in weißer Bluse und mit weitem Rock, der sich um ihre angezogenen Knie legt, neben ihrem Geliebten sitzend, den sie schwärmerisch etwas von der Seite her ansieht. Auf der Picknickdecke davor, ein runder Korb, der mit einem Tuch überdeckt ist. Zwei Männer in Knickerbockern liegen ausgestreckt an jeder Seite des Paares, posieren vor der Kamera, sie haben ihre Ellbogen abgestützt und ihre Wangen in die Handflächen gelegt und sehen mit schwärmerischem Augenaufschlag schräg mit etwas überdrehtem Kopf zu Giskes Mutter hoch. Der eine hat gewelltes Haar, er hält ein Fernglas in der anderen Hand an der Hüfte abgestützt. Er gleicht dem jungen Mann, den ich bereits auf anderen Bildern aus dieser Zeit gesehen habe. Es ist mein Vater.

Mortensen und Giske sind nicht zu hören, ich bin allein auf der Terrasse, lege nach langer Betrachtung das Bild in die Schachtel zurück. Ein leichter Wind weht vom Meer her und zaust sanft an meinen Haaren. Ich lehne mich entspannt zurück, spüre die Wärme der Holzwand hinter mir, strecke meine Beine unter dem Tisch, blicke aufs inzwischen schwarzviolett leuchtende Meer hinaus und hänge meinen Gedanken nach. Die weite Landschaft mit der Bucht und den in der Ferne schimmernden Bergrücken des Festlandes ist in ein nordisches Sommerabendlicht getaucht. Weiter hinten am Strand wird gerade von einer Gruppe von Menschen ein Johannisfeuer angezündet, dessen züngelnde Flammen immer höher in den Himmel steigen. Die Luft riecht nach frischem Seetang und Rauch, und es ist nichts zu hören außer dem leisen Plätschern der Wellen, über denen die tief stehende Sonne an diesem Abend nicht mehr untergehen würde.

btb

Irina Korschunow

Langsamer Abschied

Roman. 160 Seiten
ISBN 978-3-442-74035-2

Pierre und Nora, zwei, die zusammengehören, gemeinsam reden und schweigen, sich streiten und vertragen, Pläne machen und sie wieder verwerfen. Aber gerade als ihre Ehe zu zerbrechen droht, rast Pierre mit seinem Auto in die Katastrophe und nichts ist mehr so wie zuvor. Wird Nora je aus dem Labyrinth von Schmerz und Schuldgefühlen herausfinden? Vielleicht sogar noch einmal von Liebe reden können?

»Irina Korschunow besitzt eine Kraft und eine Ruhe, die auch ihre Geschichten mit Kraft und Ruhe und Sicherheit erfüllen.«
Sybil Gräfin Schönfeldt

»Ein Buch wie ein Liebesbrief.«
Emotion

btb

Ursula Priess

Sturz durch alle Spiegel

Eine Bestandsaufnahme.

172 Seiten
ISBN 978-3-442-74120-5

Ein bewegendes Zeugnis vom Versuch der Tochter, die schwierige Beziehung zum Vater – Max Frisch – neu zu sichten und sich ihrer Geschichte mit ihm zu stellen, um darüber ihre eigene Stimme zu finden. Ein wahres, ein wahrhaftiges Tochter-Vater-Buch.

»Ein schmales, aber hochverdichtetes Erinnerungsbuch. Die Autorin hat ein Buch geschrieben, das neben dem Werk von Max Frisch bestehen wird.«
Richard Kämmerlings, FAZ

»Mit ihrem Buch hat Ursula Priess der Liebe zu ihrem Vater ein großartiges Denkmal gesetzt, unpathetisch und bewegend.«
Volker Hage, Der Spiegel